www.bbulmedia.com

Kerberos

켈베로스

1판 1쇄 찍음 2016년 5월 3일
1판 1쇄 펴냄 2016년 5월 10일

지은이 | 임준후
펴낸이 | 정 필
펴낸곳 | 도서출판 **뿔미디어**

편집장 | 이재권
기획 · 편집 | 문정흠

출판등록 | 2002년 9월 11일 (제1081-1-132호)
주소 | 경기도 부천시 원미구 소향로 17번길(두성프라자) 303호 (우) 14544
전화 | 032)651-6513 / 팩스 032)651-6094
E-mail | bbulmedia@hanmail.net
홈페이지 | http://bbulmedia.com

값 8,000원

ISBN 979-11-315-7149-1 04810
ISBN 979-11-315-1140-4 04810 (세트)

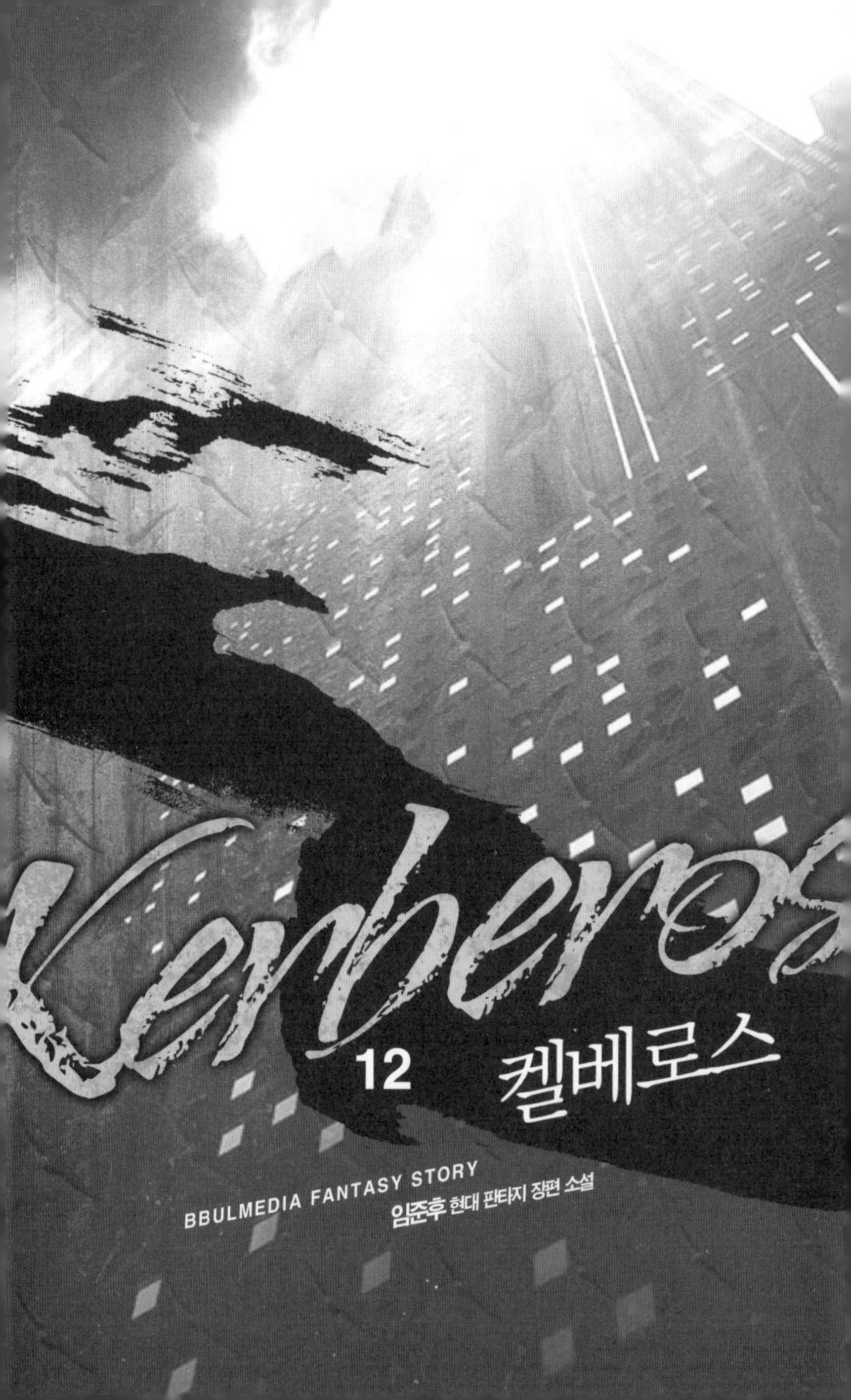
12
켈베로스
BBULMEDIA FANTASY STORY
임준후 현대 판타지 장편 소설

목차

제1장

"쿨럭, 꽤… 쎄네요!"

에이단이 눈살을 찌푸리며 말했다. 목이 잠긴 것처럼
탁해진 목소리로 말하는 그의 코와 입에서 가느다란 핏
물이 새어 나왔다.

줄리앙과 레나는 기분이 상했다는 얼굴로 고개를 끄덕
였다.

그들은 제자리에서 한 걸음씩 뒤로 물러나 있었다.

줄리앙이 어깨를 으쓱했다.

"예전에 마스터께서 태양회가 힘을 숨겨두고 있는 듯
하다고 하신 적이 있었지. 저들을 보니까 그 말씀이 생각나는군."

레나가 화가 난 목소리로 말을 받았다.

"켄이 쉽게 싸울 수 있도록 해주고 싶었는데… 저놈들 때문에!"

이혁과 에스퍼들이 싸우고 있는 전장은 더 이상 원거리 공격을 할 수 없었다.

양측의 움직임은 눈으로 보기 어려울 정도로 속도가 빨랐다. 때문에 저들 중 에스퍼만 골라서 공격하는 건 불가능했다.

원거리 공격 능력을 가진 줄리앙과 레나가 달가워할 수 없는 광경이었다.

말과 함께 그녀의 손에서 또다시 백색의 섬광이 이글거리며 크기를 키워갔다. 그녀의 시선은 박철규 일행에 고정되어 있었다.

처음에는 에스퍼를 노렸지만 이제는 박철규 일행을 노리고 공격을 가할 심산인 것이다.

줄리앙이 그녀의 손목을 지그시 잡아 눌러 손을 쓰지 못하게 했다.

뜻밖의 방해를 받은 레나는 어리둥절한 얼굴로 고개를 돌려 그를 보았다.

"왜……?"

줄리앙은 고개를 저으며 대답했다.

"지금은 참아, 곧 기회가 올 거야."

전장을 응시하며 말을 잇는 그의 눈에도 짜증이 섞여 있었다.

"마스터가 한 말을 잊지 마, 레나. 이 싸움은 켄의 개인적인 싸움이야. 알잖아, 이건 그의 복수라고. 너무 앞서가도 그가 별로 환영하지 않을 거야."

레나의 손에서 이글거리던 백색의 섬광이 조금씩 사그라졌다.

이혁은 마스터와 만났을 때 그와 진혼의 관계에 대해 많은 부분을 솔직하게 이야기했다.

그래서 독수리의 발톱 요원들은 태양회가 이혁에게 어떤 존재인지 잘 알고 있었다. 레나도 예외는 아닌 것이다.

에이단 일행의 형편만큼이나 박철규 일행의 상태도 그리 좋은 편은 아니었다. 아니, 에이단 일행보다 더 좋지 않다고 하는 게 맞는 말이었다.

박철규는 두 발이 발목까지 땅에 박힌 채 코와 입에서 피를 흘리며 숨을 헐떡거리고 있었다.

백홍식과 이성식은 그보다도 심했다. 그들은 무릎까지 지면에 박힌 채 눈과 귀에서도 피를 흘리고 있었다.

박철규가 손등으로 입가의 핏물을 훔치며 중얼거렸다.

"지독하군."

"저기 보이는 젊은 검둥이 놈이 트릭스터일 겁니다."

백홍식이 땅에 파묻힌 두 발을 번갈아 뽑으며 말을 받았다.

박철규가 손가락 크기로 보이는 에이단에게 눈길을 준 채 되물었다.

"다른 놈의 능력을 증폭시켜 준다는, 그 사기 캐릭터?"

"예."

에스퍼들과 싸우고 있는 이혁 일행을 보며 침묵하고 있던 이성식이 박철규를 향해 불쑥 말했다.

"분과장님, 일단 자리를 피하시는 게 좋을 것 같습니다."

그의 말에 박철규는 후방의 에이단 일행에 대한 관심을 접고 시선을 전장으로 돌렸다. 눈에 들어오는 광경을 보는 그의 안색이 무거워졌다.

"개… 씨이… 발……."

평소에 입이 거칠다는 평을 듣는 그이긴 해도 이렇게까지 자연스럽게 욕을 하지는 않았다. 하지만 지금은 그럴 수밖에 없었다.

그의 눈앞에서 특급 에스퍼들의 허리가 두부 썰리듯 잘려 나가고 목이 무처럼 뽑히고 있었다. 그것을 보며 할 수 있는 말이 과연 무엇이 있을 것인가.

전투가 시작되고 몇 분 지나지도 않았다. 그사이 에스퍼들의 숫자는 절반 이하로 줄어들어 있었다.

이혁이야 말할 필요도 없었고 함께 싸우는 야마다와 카를로스의 전투력도 뛰어났다.

야마다는 3센티미터도 되지 않을 것 같은 폭을 가진, 낭창거리며 자유롭게 휘어지는 1.5미터 길이의 칼을 무기로 사용했다.

칼의 이름은 '호시(ホシ：별)'.

호시는 평소 검갑에 넣어 허리띠로 사용된다. 그러다가 지금 같은 전투 상황이 벌어지면 모습을 드러낸다.

현대 합금 기술의 정점에 이른 작품이라고 해도 과언이 아닌 이 칼은 3센티미터 두께의 강철을 두부처럼 가볍게 잘라 버리는 절삭력을 자랑한다. 그 날카로움은 야마다의 초상 능력과 결합되었을 때 최고조로 발휘된다.

야마다가 지닌 초상 능력은 10초 뒤의 미래를 예지하는 힘이었다. 몇 년 뒤도 아니고 3초 뒤를 예지해서 어디다 쓰겠나 싶지만 실제 전투에서는 어떤 초상 능력보다도 더 가공할 위력을 발휘하는 것이 그의 능력이었다.

혹독한 훈련을 거친 그의 신체 능력은 뛰어나긴 해도 보통 사람의 범주를 크게 넘어서지 못한다.

그럼에도 그의 전투 능력은 옆에서 싸우고 있는 카를

로스에 비해 전혀 부족하지 않았다. 그것을 가능하게 하는 것이 예지능력이었다.

그는 이혁과 카를로스의 공격으로 균형이 무너져 생겨난 틈을 파고들며 에스퍼들의 몸을 회치듯 난자하고 있었다.

야마다가 영리하게 싸운다면 카를로스의 싸움은 무식함 그 자체였다.

그는 쇠도 우그러뜨릴 에스퍼들의 강력한 육탄 공격을 온몸으로 받아내면서 그들의 목을 뽑아버리거나 허리를 부러뜨렸다.

신체를 극단적으로 강화시킨 에스퍼조차 그와의 정면 충돌에서 전혀 우세를 점하지 못했다.

박철규의 악문 입술 사이로 핏물이 흘렀다.

그는 진혼의 집행자들과 숱한 싸움을 하며 마흔여섯이 되었다. 그중에는 패한 적도 있었다.

그러나 특급 에스퍼가 만들어지기 시작한 이후로는 오늘처럼 일방적으로 밀리는 싸움은 해본 적이 없었다.

이성식의 말처럼 후퇴 여부를 결정해야 했다, 그것도 늦지 않게.

"허……."

어처구니없어진 그의 입술 사이로 헛웃음이 새어 나왔다.

한순간 초췌하게 변한 그의 얼굴에서 헬기를 타고 올 때의 여유와 호기는 더 이상 찾아볼 수 없었다.

그러나 이성식의 권유대로 이 자리에서 후퇴하는 것도 쉬운 일은 아니었다.

피해가 너무 컸다.

연구소야 다시 지으면 되지만 특급 에스퍼는 차원이 다른 문제였다. 그들을 전부 잃는다면 살아 돌아간다 해도 그는 죽은 목숨이나 다름없었다.

그는 외동아들도, 장남도 아니었다. 그가 지닌 능력은 뛰어난 것이었지만 대체할 사람이 없는 것도 아니었다.

무엇보다도 태양회의 모든 것을 실질적으로 장악하고 있는 그의 조부에게서 혈육 간의 정을 기대하는 건 미친 짓이나 다름없었다.

조부의 냉혹한 성정을 생각한다면 그에게 할복을 명할 지도 몰랐다.

'빌어먹을…….'

그럼에도 선택해야 했다.

그는 이성식을 보며 지시를 내렸다.

"헬기를 불러라."

박철규가 짧은 상념과 뒤이은 결정을 내리는 동안에도 싸움은 계속되고 있었다.

이혁의 흡룡와에 휘말린 에스퍼가 균형을 잃고 휘청거리며 우측으로 밀려났다. 그 자리에 기다리고 있는 것은 환상혈조였다.

스팟!

푸확!

잘게 썰린 육편이 우박처럼 흩어지고 폭죽처럼 터져 나온 핏물이 사방으로 비산했다.

흐른 시간은 10분도 채 되지 않았는데 남아 있는 에스퍼의 수는 열 명도 되지 않았다.

물정 모르는 어린아이라도 어떻게 끝이 날지 충분히 예상할 수 있을 정도로 싸움은 일방적이었다. 그러나 당사자인 에스퍼들의 표정은 변화가 없었다.

산 자나 죽은 자나 입을 다문 채 아무 소리도 내지 않았다. 심지어 두려움이나 도주의 기색도 보이지 않았다.

환상혈조로 또 한 명의 에스퍼를 정수리부터 사타구니까지 베어버리며 이혁은 속으로 혀를 찼다.

이 자리에서 그의 환상혈조에 해체(?)되다시피 한 에스퍼의 수는 열이 넘었다. 싸움을 통해 이혁은 그들의 특성이나 전투력 수준에 대한 파악을 이미 다 끝냈다.

'실험을 통과하면서 생명줄은 잡은 듯한데, 정신을 안드로메다 너머로 보내 버렸군. 무역 전시관과 갑하산에서 만났던 것들보다 상태가 낫긴 하지만 그래 봐야 오십

보백보다. 불완전해. 최대로 평가해도 무스펠하임 소속의 혈륜 각성자들에 비하면 70퍼센트 정도의 능력에 불과하다.'

키안이 해준 얘기대로라면 그가 예전에 싸웠던 무스펠하임은 보유한 능력자 중 절반 이상을 혈륜을 통해 얻었다고 했다.

이혁은 그들 중 몇 명과 직접 싸운 경험이 있었다. 그래서 그들의 전투력이 어느 정도인지 잘 안다.

에스퍼와 비교할 수 있는 자료를 그는 충분히 갖고 있는 것이다.

'이 작은 나라에서 저 정도라도 연구한 걸 장하다고 해야 하나, 불사에 대한 처절한 욕망이 애처롭다고 해야 되나, 쩝.'

또 한 명의 에스퍼를 조각낸 그의 눈에 태양회의 본진이 있는 곳에서 벌어지고 있는 움직임이 들어왔다.

이호열을 비롯한 연구소 사람들이 앞으로 나서며 누군가의 모습을 숨기려 애쓰고 있었다. 그들 뒤로 박철규와 두 명의 측근이 조금씩 물러나고 있었다.

이혁의 눈빛이 차가워졌다.

그의 몸이 고무줄처럼 주욱 늘어나는가 싶더니 앞을 막아서던 에스퍼 셋의 머리를 바람처럼 뛰어넘었다.

그의 뒤를 따르려던 에스퍼들은 야마다의 애검 호시와

쇳덩이 같은 카를로스의 두 주먹에 의해 저지당했다.

박철규를 등 뒤로 숨기던 이호열 등의 안색이 시퍼렇게 질렸다.

에스퍼의 머리를 타 넘으며 들이닥치고 있는 자는 그들이 막을 수 없는 자였다. 하지만 이 자리에서 선택의 여지는 없었다.

"약을!"

외마디 비명과도 같은 외침과 함께 그가 이를 깨물었다.

어금니 형태로 잇몸에 꼽혀 있던 캡슐이 터지며 안에 들어 있던 약물이 단숨에 그의 목을 넘어갔다. 삼십여 명에 달하는 그의 부하들도 동일한 행동을 했다.

그들은 일사불란했다.

상당히 오랜 시간 동안 훈련을 반복했음을 알 수 있게 하는 움직임이었다.

그들이 먹은 약은 10여 분에 불과하긴 해도 복용자에게 특급 에스퍼에 준하는 신체 능력을 갖게 하는 것이었다. 그러나 이 약 또한 앙천과 마찬가지로 불완전해서 약효가 사라지면 부작용 때문에 폐인이 되거나 죽을 수밖에 없었다.

그런데도 그들은 망설임 없이 약을 복용했다. 그건 그들이 받은 훈련 중에는 세뇌도 들어 있기 때문이었다. 무의식의 근저를 장악한 세뇌로 인해 그들은 지시를 거부할 수 없었다.

눈 한 번 깜박이기도 전에 약효는 전신으로 퍼졌다. 머리부터 발끝까지 꿈틀거리며 튀어나온 굵은 힘줄이 그들의 몸을 뒤덮었다.

실핏줄이 터진 두 눈에서는 광기가 섞인 빛이 흘렀고, 입에서는 열기가 느껴지는 침이 줄줄 흘렀다.

이혁은 눈앞에 있는 자들의 변화에서 앞서 지하에서 싸웠던 자들이 풍기던 악취를 맡았다.

이자들에게서 느껴지는 냄새는 먼저 죽인 자들에 비해 좀 더 지독했다. 아마도 몸이 적응할 시간을 주지 않을 정도로 급격하게 진행된 변화 때문이리라.

순식간에 이혁과 태양회 인물들 사이의 거리가 십여 미터로 줄어들었다.

"저자를 막아!"

이호열은 지명처럼 지시를 내리며 부하들과 세 겹의 스크럼을 짰다. 그리고 고개를 돌려 박철규에게 소리쳤다.

"어서 이 자리를 피하시오!"

그 말이 끝나기도 전에 이혁이 들이닥쳤다.

그가 피식 웃으며 나직하게 말했다.

"귀엽게들 노는구만!"

미식축구 선수처럼 오른쪽 어깨를 곧추세운 그는 한순간의 멈춤도 없이 연구소 소속 인물들이 짠 스크럼 속으로 뛰어들었다.

이를 악문 이호열의 눈이 무섭게 빛났다.

그의 손에는 베레타가 들려 있었다. 좌우에 있는 인물 십여 명의 손에도 권총이 들려 있었다.

모든 총구는 이혁을 향했다.

스크럼을 짠 두 번째 줄 인물들은 앞 줄 사람의 등을 온몸으로 받쳤다.

그리고 세 번째 줄에 있는 자들은 권총의 조준선 안에 이혁을 담기 위해 사력을 다했다. 그러나 그들은 방아쇠를 당기지 못했다.

이혁의 움직임은 무서울 정도로 빨랐다. 그리고 아지랑이가 몸을 감싸고 있는 것처럼 끊임없이 좌우로 흔들렸다.

강화된 신체 능력에도 불구하고 그들은 이혁을 제대로 겨냥하지 못했다. 그러나 한순간이라도 그의 움직임을 멈출 수만 있다면 열 개의 총구가 불을 뿜을 터였다.

그 한순간을 만들기 위해서라면 이호열은 부하들 전부를 이혁의 손에 잃는다 해도 후회하지 않을 터였다.

총알이 그에게 통할지 안 통할지는 생각하지 않았다. 그런 의심을 할 단계는 이미 한참 전에 지났다. 그가 할 수 있는 최선이 효과가 있기를 바랄 뿐이었다.

이혁의 눈에 비웃음과 더불어 호기심이 떠올랐다. 생체 실험을 밥 먹듯이 하는 자들에게서 이렇게 끈끈한 동료애(?)를 느낀다는 게 어쩐지 우습기도 하고 낯설기도 했던 것이다. 그러나 호기심은 0.1초 만에 사라졌다.

이런 자들에 대한 관심은 생체 실험 속에서 죽어간 사람들을 두 번 죽이는 짓이다.

이혁의 어깨가 스크럼을 짠 자들과 거세게 충돌했다.

콰쾅!

"으아악!"

"와악!"

충돌의 한복판에서 폭탄이 터지는 듯한 굉음이 들렸다. 그와 함께 소름 끼치는 비명 소리가 전장을 뒤흔들었다. 뒤이어 시뻘건 피와 산산조각으로 부서진 육신이 파편처럼 튀어 오르며 사방으로 날았다.

에스퍼들과의 싸움은 격렬했지만 비명 소리는 들리지 않았었다.

그들은 죽어갈 때조차 무표정했고, 비명도 지르지 않았던 것이다. 그저 골육이 부서지는 기괴한 소음만 있었을 뿐이었다.

하지만 이번에는 달랐다.

연구소에서 나온 자들 중에는 십여 명의 경비원도 포

함이 되어 있었지만 2십여 명은 일반 연구원이었다.

일시적이나마 에스퍼처럼 육체를 강화시켰다고는 해도 그들처럼 조용하게 죽어가는 건 불가능했다

맨 뒷줄에서 권총의 방아쇠에 손을 올려놓고 있던 자들의 얼굴이 절망으로 물들었다.

앞에 있는 동료들이 몸으로 만든 방벽과의 충돌로 이혁이 잠시라도 멈칫거리기를 바란 그들의 기대는 헛된 것이었다.

탱크처럼 돌진하는 이혁의 어깨와 방벽의 중심에서 정면으로 부딪친 자들은 으깨진 어육처럼 변했다. 좌우에 있던 자들도 무사하지는 못했다. 이혁이 번개처럼 움직이며 환상혈조로 그들을 조각내 버렸기 때문이다.

권총을 든 자들이 눈 한 번 깜박이기도 전에 그들 앞에 살아 움직이는 동료는 아무도 없었다. 오직 떨칠 수 없는 어둠처럼 들이닥치는 이혁이 있을 뿐이었다.

이호열 등은 얼굴빛이 사색으로 변한 채 방아쇠를 당겼다. 여전히 이혁을 조준선 안에 잡아놓지는 못했지만 그들에게 더는 지켜볼 시간이 남아 있지 않았다.

타타타타타타탕!

귀청이 떨어질 듯 요란한 총성이 어지럽게 울렸다.

혹시 하며 눈을 부릅뜨고 있던 이호열 등의 안색이 참혹하게 일그러졌다. 혹시나는 역시나로 끝났다.

권총을 들고 있던 자들의 머리가 허공으로 일제히 떠오르고 있었다. 십여 명의 머리가 시간 차 없이 동시에 몸과 분리되고 그 밑으로 시뻘건 핏물이 분수처럼 솟구치는 장면은 묘하게 비현실적이었다.

이호열은 눈앞이 이지러지는 것을 느끼며 눈을 깜박였다.

하늘에 이어 등 뒤의 땅이 보였다. 세상이 빙글빙글 돌고 있었다. 그리고 영화의 페이드아웃처럼 사방이 어두워졌다.

이혁은 자신의 발 앞에서 눈을 뜬 채 바닥을 구르는 이호열의 머리를 훌쩍 뛰어넘었다.

시선은 주지도 않은 채였다. 그는 자신의 손에 죽은 자들에 이호열이 있다는 것조차 알지 못했다, 관심도 없었고.

그의 관심은 빠르게 멀어지고 있는 세 남자에게 향해 있었다.

세 남자는 그야말로 사자에게 쫓기는 얼룩말처럼 정신없이 뛰고 있었다. 그들의 발밑에서 먼지가 구름처럼 일어났다.

이혁은 그들을 보며 혀를 찼다.

'원거리 공격에 특화된 자들이다. 그런데 너무 그쪽으로 능력이 치우쳐서 균형을 잃었어. 몸이 저래서야… 쯧쯧.'

박철규 일행은 사력을 다해 뛰고 있었다. 정말 사력을

다하고 있다는 것이 느껴졌다. 그러나 그 속도는 하품이 나올 정도로 느렸다.

물론 보통 사람보다야 빠르겠지만 그뿐이었다.

능력자의 달리기가 아닌 것이다.

이호열 등이 이혁을 막아서는 동안 그들이 뛴 거리는 50미터도 되지 못했다.

앞에 1미터 높이의 바위나 큰 나무만 있어도 돌아가야 했고, 웅덩이가 보여도 피해 가야 했다.

그러면서 뛰는 속도가 얼마나 나올 것인가. 더구나 이곳은 산속이다.

이혁에게 그렇게 움직이는 박철규 일행의 속도는 그야말로 굼벵이나 다름없었다.

이혁이 있던 자리에 바람이 불었다.

꺼지듯 사라진 그의 모습은 2십여 미터 앞에 나타나 있었다. 박철규 일행과의 거리는 그에게 세 걸음이면 충분히 좁힐 수 있는 정도밖에 되지 않았다.

두 번째 걸음을 옮기던 그가 눈살을 찌푸리며 하늘을 올려다보았다.

투투투투투투투—

거친 프로펠러 소리가 빠르게 가까워지고 있었다.

이혁의 눈에 다섯 대의 헬기가 보였다.

괴물들을 떨어뜨리고 갔던 그것들이 되돌아오고 있었다.

헬기의 열려 있는 측면 문에서 기관총을 들고 아래를 보고 있는 자들이 보였다.

이혁의 입에서 한숨이 흘러나왔다.

"여기가 베트남이야, 헐리우드 영화판이야? 어떤 잡놈이 저런 게 날아다닐 수 있도록 허가를 해준 거야. 나라 꼴이 정말……."

북한과 대치하고 있는 한국은 공중 통제가 철저하다. 허공을 날아다니는 것이라면 그것이 무엇이든 사전 허가를 받아야 한다.

경무장이라도 저렇게 총기를 휴대한 민간인이 헬기를 타고 이동하기 위해서는 한두 군데의 허락만으로는 불가능하다.

개입된 기관의 수나 지시를 내리는 윗선이 엄청나다는 반증이었다.

저 헬기들은 태양회가 이 나라에서 갖고 있는 힘을 증명하고 있는 것이나 다름없는 것이다. 그러나 이혁은 그런 것에 쫄(?) 남자가 아니었다.

아니, 사실은 관심도 없었다.

바깥 세상에 얼마나 많은 괴물이 같은 하늘 아래 살고 있는지 온몸으로 경험한 그였다.

이 작은 땅덩이에 숨어서 거인들이 살고 있는 밖으로는 기어 나오지도 못한 채 자신들의 왕국을 만드는 일에

나 골몰하고 있는 태양회 따위는 이미 안중에도 없는 것이다.

이혁은 고개를 돌려 줄리앙과 레나를 보며 소리쳤다.

"힘 좀 써봐!"

레나가 환하게 웃으며 두 손으로 나팔을 만들고는 크게 말했다.

"켄, 그 말을 기다리고 있었어!"

그녀와 줄리앙의 두 손이 이글거리는 붉고 흰 섬광으로 뒤덮였다.

투투투투투투투─

헬기가 두 사람과 5백여 미터 정도로 거리를 좁힌 순간, 그들의 손에서 눈부신 섬광이 지대공미사일처럼 날아올랐다.

섬광이 줄리앙와 레나의 손을 떠나던 순간 이혁은 박철규 일행과 5미터도 떨어지지 않은 곳에 도착했다.

그는 오른손 검지 손가락을 좌우로 흔들었다.

박철규를 비롯한 백홍식과 이성식의 손은 검고 푸르고 붉은 빛으로 물들어 있었다. 그들의 눈은 줄리앙과 레나, 그리고 이혁 사이를 바쁘게 오갔다.

줄리앙과 레나가 헬기를 공격하면 그들에게는 희망이 없게 된다.

박철규의 눈짓을 받은 백홍식과 이성식이 이혁을 향해

손을 뻗었다. 푸르고 붉은 빛이 이혁에게 폭포수처럼 쏟아졌다. 동시에 박철규의 손을 떠난 검은 섬광이 줄리앙과 레나를 향해 날아갔다.

이혁의 눈빛이 강렬해졌다. 그의 손끝에서 반투명한 빛을 발하던 환상혈조가 안으로 말려들어 가며 모습을 감추었다. 대신 쇳덩이처럼 움켜쥔 두 주먹이 무서운 기세로 푸르고 붉은 빛을 후려쳤다.

쾅!

"크으윽!"

"우왁!"

벼락 치는 듯한 굉음과 함께 백홍식과 이성식이 입과 코에서 시뻘건 핏덩이를 토하며 마치 철벽에라도 부딪친 것처럼 뒤로 튕겨 나갔다.

그들의 두 팔은 어깨까지 반쯤 으스러진 채 뼈와 시뻘건 근육이 그대로 드러났다. 그리고 가슴은 10센티미터가 넘게 함몰되었다.

단 일격의 폭뢰경혼추로 두 명을 반죽음 상태로 몰아넣은 이혁의 공격은 멈추지 않았다.

좌우의 백홍식과 이성식을 뒤로 날려 버리고 그는 중앙에 있는 박철규의 코앞으로 쇄도했다.

박철규의 얼굴이 새하얗게 질렸다.

그는 백홍식과 이성식이 일격조차 버티지 못하고 쓰러

질 것이라고는 생각지 못했다.

이혁을 한 번만 막으면 줄리앙과 레나의 공격을 저지한 그가 합세할 것이고, 뒤를 헬기의 기관총좌가 받쳐 줄 터였다.

그렇게만 된다면 탈출은 꿈이 아니라 현실이 될 수 있었다. 그러나 그의 눈앞에 닥친 현실은 꿈은 그저 꿈일 뿐이라고 말하고 있었다.

이혁은 한 걸음에 박철규의 코앞까지 접근했다. 그리고 두 손으로 그의 양 손목을 잡아 비틀었다.

박철규는 저항하지 못했다.

그의 육체적인 능력은 뛰어난 운동선수 수준이었다.

다른 곳이라면 얼마든지 인정받을 만하지만 이혁 앞에서 그는 두 살배기 어린이에 불과했다.

당연히 그는 이혁의 움직임을 제대로 보지도 못했다. 그런 지경인데 어떻게 피할 수 있을 것인가.

박철규의 손에서 뻗어나갔던 흑섬광도 사라졌다.

줄리앙과 레나의 공격은 아무런 제지도 받지 않고 허공을 가르며 헬기를 향해 날아갔다.

쾅쾅쾅쾅쾅!

찰나간 허공을 가로지른 섬광이 다섯 대의 헬기 중앙 부위를 해머처럼 강타했다.

콰콰쾅!

중앙 부위가 수수깡처럼 반으로 꺾인 헬기들은 빙글빙글 돌며 지상으로 추락했다.

우두두둑!

소름 끼치는 소리와 함께 이혁의 손에 손목이 잡혀 있는 박철규의 몸이 극렬한 고통에 도마 위에 놓인 생선처럼 펄떡거렸다. 부러진 팔목 뼈가 살을 뚫고 튀어나와 있었다.

그는 식은땀을 흘리며 피가 나도록 입술을 깨물었다.

이혁은 무릎을 꿇은 채 자신을 올려다보는 박철규의 눈을 똑바로 내려다보며 물었다.

"이름."

대답 대신 이를 악물며 박철규는 시선을 내렸다.

심연처럼 깊은 이혁의 눈동자는 바라보는 것만으로도 가슴속을 공포로 채웠다.

그가 가장 두려워하는 할아버지에게서도 느껴보지 못했던 공포를 그는 이혁의 눈에서 보았다. 한 번도 해본 적 없는 경험이었다.

이혁은 어깨를 으쓱했다.

"나한테 말하는 게 좋을 텐데. 말하지 않으면 저기 있는 친구들에게 널 넘길 거야. 난 귀찮은 건 별로라서."

이혁은 고개를 슬쩍 돌리고 턱짓으로 다가오고 있는 레나 일행을 가리켰다. 그의 시선은 야마다에게 꽂혀 있었다.

"저 일본인 친구의 손에 들어가면 넌 잘 다진 고깃덩이가 될 거야."

그의 시선이 다시 박철규를 향했다.

"이름."

박철규는 쓰게 웃으며 입을 열었다.

"그냥 죽여."

"쩝."

이혁은 혀를 차며 말을 이었다.

"강단 있는 척은. 생체 실험이나 하던 쓰레기가 사람인 척하면 토 나온다."

그는 박철규의 손을 놓고 대신 머리카락을 움켜잡았다. 그러고는 들어 올렸다.

"크윽."

머리 가죽이 뜯겨 나가는 듯한 고통에 박철규의 앙다문 입에서 신음이 흘러나왔다.

이혁은 피식 웃었다.

"비명까지? 이게 아퍼? 웃긴 놈이네. 입 다물어라, 이빨 다 뽑아버리기 전에."

줄리앙 일행은 피와 시신이 즐비한 전장을 넘어왔다.

그들과의 거리가 2십여 미터쯤 되었을 때 이혁은 머리카락을 잡은 손에 힘을 주었다. 박철규의 몸이 공처럼 십여 미터를 날아갔다.

휘적휘적 걸어오던 야마다가 손을 들어 자신에게 날아오는 박철규의 몸을 받으려 했다.

그 순간, 이혁의 눈빛이 변했다.

숲이 우거진 좌측에서 무서운 속도로 무엇인가가 다가오고 있었다.

지면을 박차며 그것을 향해 몸을 날리려던 이혁의 몸이 급정거하는 스포츠카처럼 앞으로 확 쏠렸다. 그리고 본래 향하려던 방향과는 반대되는 뒤쪽으로 퉁기듯 몸을 날렸다.

파팟!

그가 있던 자리에서 작은 흙더미가 튀어 오르며 먼지가 풀썩 날렸다.

이혁은 몸을 세웠다.

더 이상의 공격은 없었다.

어느새 줄리앙 일행도 걸음을 멈춘 채 멍한 얼굴로 이혁과 박철규가 날던 허공을 번갈아 보고 있었다.

카를로스가 어리둥절한 얼굴로 중얼거렸다.

"뭐야… 이거?"

박철규의 모습은 사라지고 보이지 않았다.

천천히 사방을 돌아보는 이혁의 눈빛이 얼음처럼 차갑게 변해 있었다.

제2장

이혁의 시선이 자신이 서 있던 자리를 훑었다. 그곳은
1미터 범위의 땅이 속을 드러낸 채 뒤집어져 있었다.

　남아 있는 흔적은 강력한 산탄이 그 자리를 타격했음
을 보여주는 것이었다. 그러나 탄두는 볼 수 없었다.

　당연했다.

　산탄은 정신계 능력으로 만들어진 것이었다.

　탄의 형태를 갖추고는 있지만 그것을 구성하는 건 물
질이 아닌 것이다.

　이혁은 고개를 돌려 에이단을 보며 말했다.

　"파리 남부 방브에서의 그 저격수다."

에이단도 동의한다는 듯 고개를 끄덕이며 말을 받았다.

"맞습니다. 나탈리아 사키나입니다, 켄."

에이단에게서 눈길을 거둔 이혁은 멀리 보이는 풍력발전기에 시선을 주었다.

풍차라고도 불리는 풍력발전기에서 이곳까지의 거리는 1킬로미터가 넘었다. 그러나 나탈리아 사키나에게 이 정도 거리는 전혀 장애가 되지 않았을 것이다.

그녀는 프랑스에서 2킬로미터 떨어져 있는 그를 저격해 상처까지 입힌 적이 있는 여인이니까.

풍력발전기의 주변을 훑던 그가 인상을 쓰며 나직하게 중얼거렸다.

"빠르군, 벌써 튀었어."

"그녀가 아직까지 거기에 있을 리가 있겠습니까. 그녀의 근접전 능력은 별 볼일 없습니다, 후후후."

이혁이 에이단에게로 고개를 돌렸다.

"그런데 다른 능력자는 누구지? 쓰레기를 채간 놈 말이야."

그가 언급한 쓰레기는 박철규를 의미했다.

그의 말이 이어졌다.

"160센티미터 정도의 키에, 사십 대 초반의 깡마른 동양계 남자였어. 얼굴 하관이 길고 뻐드렁니가 툭 튀어

나와서 꼭 쥐새끼 닮은 인상이었는데, 알아?"

이번에 대답한 사람은 에이단이 아니라 줄리앙이었다. 그는 곤혹스러운 기색을 숨기지 않으며 말했다.

"자네가 말한 인상착의가 아니더라도 초상능력자 중 이런 속도로 이동할 수 있는 자는 세상에 단 한 명뿐이라네. 그의 이름은 오카타 미츠루. 타이요우의 후지와라 가문 소속이지."

"타이요우? 그럼 타이료오바타?"

이혁의 반문에 줄리앙은 고개를 끄덕였다.

"맞네, 타이요우의 전투조직 타이료오바타의 삼대괴물 중 한 명이 바로 오카타 미츠루지."

"그럼 타이요우가 태양회를 돕고 있다고 봐야 하는 거요?"

"지금 단계에서 뭐라 말하기는 어렵네. 5년 전 진혼의 주력이 갑하산에서 궤멸된 후 태양회와 타이요우의 관계는 많이 소원해졌네. 정확한 내부 사정까지는 알 수 없지만 그들은 거의 교류가 단절되다시피 했었지. 하지만 지금은 서로 손을 잡은 것처럼 보이는군. 물론, 이건 단순한 내 의견일 뿐이네만."

줄리앙은 말꼬리를 흐렸다.

확언하기에는 아직 정보가 많이 부족했다.

에이단이 대화에 끼어들었다.

"현재 타이로오바타는 후지와라 가문의 차남, 타케시의 지휘를 받고 있습니다. 그가 얼마 전 일본에 들어갔다는 얘기는 들었지만 이 자리에 끼어들 줄은 몰랐습니다. 이 상황은 예상에서 많이 벗어난, 뜻밖의 전개입니다."

"타케시……."

들릴 듯 말 듯 작은 목소리로 중얼거리는 이혁의 눈빛이 스산하게 빛났다.

그 이름은 낯설지 않았다.

해외에서 생활하면서 그는 독수리의 발톱으로부터 타이요우와 태양회에 대한 광범위한 정보를 제공받았다, 동료인 테일러도 그들에 대한 정보 수집에 많은 공을 들였고.

덕분에 그는 해외에서 생활한 지 얼마 지나지 않았을 때 갑하산에서 스스로를 일본계 외국인이라고 밝혔던 중년 남자가 타케시 후지와라라는 것을 알게 되었다.

줄리앙이 미간을 찡그리며 입을 열었다.

"이제 자네가 흘린 정보 때문에 얼마나 많은 조직이 한국 땅에 들어오고 있는지가 좀 더 분명해진 것 같군."

에이단이 싱긋 웃으며 말을 받았다.

"음… 우리하고 앙천이 먼저 생각나네요. 무스펠하임도 있고… 타이요우… 그리고 태양회가 있군요. 줄리앙, 또 어디가 있을까요?"

줄리앙이 어깨를 으쓱하며 대답했다.

"우리가 생각할 필요가 있나. 그건 켄의 몫이라네."

에이단이 웃으며 고개를 끄덕였다.

"그렇군요."

이혁이 혀를 찼다.

"뭔가 굉장히 즐거워하는 것 같은 느낌인데… 내 착각인가?"

에이단이 손사래를 쳤다.

"천만에요. 그렇게 생각하시면 섭섭해할 겁니다."

"누가?"

"글쎄요……."

에이단은 묘한 미소를 지으며 말을 이었다.

"어떻게 하실 겁니까?"

"이 좁은 땅에 들어와 나를 잡겠다는데 굳이 추적할 필요는 없겠지. 기다리면 알아서들 찾아올 테니까."

"그럼 판이 점점 더 크고 복잡해질 겁니다."

에이단 일행도, 이혁도, 박철규의 정체를 알지 못했다. 그러나 이곳에서 했던 행동들을 보면 그는 태양회 내에서 상당한 신분이라는 건 의심의 여지가 없었다.

무스펠하임과 타이요우는 이혁의 손에서 박철규를 구하며 태양회와 우호적인 관계를 확립하려 할 것이 분명했다.

태양회의 힘은 외부 세계의 거대 세력과 비교하기 어려운 약세였다. 그러나 그들은 적어도 이 땅에서만은 객관적인 힘의 열세를 커버할 수 있었다.

홈그라운드의 이점은 무시할 수 없는 것이다.

이혁은 피식 웃었다.

"에이단, 지금 내가 그런 상황을 얼마나 바라고 있는지 모른다고 말하는 거야?"

에이단은 마주 웃으며 고개를 저었다.

"그럴 리가요. 잘 알고 있습니다."

"마스터와 연락해서 약속이나 잡아. 몇 번 펑크 낸 처지에 또 이런 말해서 조금 미안하긴 한데, 날 보고 싶으면 한국으로 들어오라 전하고. 당분간 떠나기 어려운 상황이니까."

"그렇게 전해 드리겠습니다."

이혁은 등을 돌렸다.

이곳에서의 일은 끝났다.

목표도 달성되었다.

이제는 가야 할 시간이었다.

*   *   *

"사토."

거대한 화면에 떠 있는 여러 장의 사진을 꼼꼼하게 살펴던 백금발 청년이 사토를 불렀다.

"예, 주인님."

사토는 고개를 조아리며 대답했다.

백금발 청년이 물었다.

"태양회의 한국 내 연구소는 완전히 파괴된 것이냐?"

그들이 보고 있는 거대한 화면에 떠 있는 것들은 붕괴된 계곡과 그 주변을 찍은 사진이었다. 개중에는 시산혈해라는 말이 어울리는 참상도 포함되어 있었다.

사토는 계곡을 힐끗 보며 대답했다.

"메인은 파괴된 것이 맞습니다. 하지만 그들은 서브연구소를 두 개 더 갖고 있습니다. 메인 연구소가 완파되기 전에 중요한 자료들은 이미 서브 연구소로 이동되었다고 보아야 할 것입니다."

"피해는 일시적이라고 생각하는 거냐?"

"그렇습니다, 주인님. 교활한 토끼는 굴을 세 개 파놓는다는 말[교토삼굴:狡兔三窟]처럼 태양회도 비슷한 비상조치를 강구해 놓았습니다. 연구소와 그동안 만든 에스퍼들을 잃은 건 분명 큰 타격일 것입니다. 그러나 진혼이라는 적이 사라진 이상, 시간이 지나면 복구할 수 있는 수준의 피해입니다."

사토는 살짝 비웃는 듯한 표정으로 말을 이었다.

"물론 더 이상 적대하는 자가 없다는 전제하에서의 결론입니다만."

"전제가 무효가 되었으니 그들이 이번에 입은 타격은 뼈아픈 것이 되겠구나."

백금발 청년이 혀를 차며 말하자 사토는 빙그레 웃으며 고개를 끄덕였다.

"예, 주인님. 태양회는 초인을 상대할 수 있는 전력의 대부분을 잃었습니다. 좀 더 지켜봐야 할 것입니다만 현재의 태양회를 이끌고 있는 박대섭이 현 상황의 주도권을 확보할 수 있을 것 같지 않습니다. 그렇게 되면 박태호도 더는 가만있을 수 없을 것입니다."

"박대섭을 너무 경시하는 건 아니냐? 30년이 넘는 세월 동안 태양회를 이끌면서 박태호에게 물려받았을 때보다 열 배 넘게 조직의 규모를 키운 놈이라며?"

"능력은 있는 자입니다. 그러나 그 능력은 평화시의 것입니다. 그가 태양회를 물려받았을 때 유일한 적인 진혼은 박태호에 의해 지리멸렬된 상태였고, 이씨 형제에게 두 번의 타격을 입은 적이 있지만 대세를 바꿀 정도의 위협을 당한 적은 없었습니다."

"난세의 생존 경험을 갖고 있지 못한 자다, 그 말이냐?"

"그렇습니다."

"첫 경험이라⋯ 후후후, 재미있겠군."

백금발 청년은 낮게 웃으며 사토에게 물었다.

"제천회주는?"

"야지마 아키라 회주는 최정예 시노비(닌자)들을 데리고 한국으로 나갔습니다. 겉으로는 대략 20명 정도가 그를 따르고 있는 것처럼 보입니다만⋯ 실제 제가 파악한 숫자는 1백 정도입니다."

"시노비를 1백이나?"

백금발 청년의 눈이 조금 커졌다.

그가 말을 이었다.

"그 정도라면 제천회 정예의 대부분일 텐데?"

"맞습니다, 주인님."

매끈한 턱을 쓰다듬는 백금발 청년의 입가에 미소가 떠올랐다.

"후후, 야지마가 다른 마음을 품고 있구나."

사토도 빙그레 웃으며 말을 받았다.

"제천회도 초인을 연구했던 사람들에 대한 기록을 오래전부터 확보한 걸로 알고 있습니다. 당연히 슈이치를 모를 리 없는 그이기에 이번 기회를 놓치려 하지 않을 것입니다."

"갈수록 흥미진진해지는구나. 제노사이더, 이혁에 대한 자료를 모두 넘겨주어도 꿈쩍 안 하던 자도 더는 엉덩이를 붙이고 있을 수 없던 모양이구나."

"침묵하기에는 너무 탐스러운 먹이인 데다 그에 못지
않은 경쟁자들이 침을 흘리며 득달같이 달려들고 있는
상황이니까요."

"야지마도 믿는 구석이 있을 테지만 지금 한국 땅에
들어간 자들은 그의 힘만으로는 감당하기 쉽지 않아 보
이는구나. 애들 몇을 보내 그를 도와라. 그가 저 무대 위
에서 너무 빨리 치워지는 건 그리 바람직하지 않다."

"알겠습니다, 주인님."

백금발 청년은 커다란 의자에 온몸을 깊숙이 묻으며
사토를 돌아보았다.

"후지와라는?"

"북큐슈에 머물던 타케시는 며칠 전 타이료오바타를
이끌고 한국에 들어갔습니다. 어제 발생한 함백산 사건
때 그도 개입한 것으로 보입니다."

"타이밍이 나쁘지 않아. 타케시란 아이의 감각이 남다
르구나."

"5년 전 장자인 다이키가 한국에서의 임무를 실패한
이후 타케시는 실질적인 후지와라의 후계자로 떠오른 상
태입니다."

"그래? 흠… 양천은?"

"보안이 철저해서 아직 완벽하게 파악하지는 못했습니

다만 적천휴 직속의 사령강마대와 호위무단 전부가 투입된 것 같습니다."

"호위무단? 사령강마대는 쓸 만하지만 호위무단은 초인들을 상대할 수 없을 텐데? 음… 연혼철신단을 쓸 생각인가 보구나."

"호위무단은 앙천이 수집해서 개량 발전시킨 고대 무술의 달인들입니다. 연혼철신단과 무술 능력이 결합된다면 초인들을 상대로도 그다지 밀리지 않는 전력을 구성할 수 있을 것입니다."

"사토, 적천휴와 원로원을 놓치지 마라. 잠능이 만만찮은 자들이다."

"명심하겠습니다."

골똘하게 생각에 잠긴 듯하던 백금발 청년이 불쑥 물었다.

"혈해의 잔당들은 어디에 있지?"

"절강성 항주의 슬럼가에 숨어 있습니다."

"지휘하는 자는 누군가?"

"당주인 모용광이 살아 있긴 합니다만 앙천과의 싸움에서 입은 상처 때문에 반 식물인간 상태이고, 실질적인 지휘는 그의 손주인 모용산이 하고 있습니다."

"모용산?"

"혈해의 잔당들로부터 높은 신망을 얻고 있는 자라는

정보가 있습니다.”

“들어본 적이 있는 이름인데…….”

“5년 전 한국에 들어와 진혼과 협력했던 혈해의 소당주가 그입니다.”

백금발 청년이 생각난 듯 고개를 끄덕이고는 입을 열었다.

“그래서 이름이 익숙했구나. 그에게 앙천의 움직임에 대한 정보를 흘려라.”

백금발 청년의 눈가에 붉은 기운이 어렸다. 그는 혀를 내밀어 입술을 축이며 말을 이었다.

“이혁 측에는 모용산에 관한 정보를 흘리고. 그럼 재미있는 일이 벌어질 거야. 갑하산에서 진혼의 주력이 앙천의 손에 궤멸당했다고 했었지 않느냐, 후후후.”

사토는 허리를 숙였다.

“조치하겠습니다, 주인님.”

*　　　　*　　　　*

딩동딩동.

소파에 편안한 자세로 누운 채 쉬고 있던 이혁은 갑작스런 초인종 소리에 이맛살을 찌푸리며 눈을 떴다.

그가 있는 방은 대전 유성구에 있는 고급 호텔의 스위

트룸이었다. 어제 강원도에서 돌아온 후 그는 이 방에서 한 걸음도 나가지 않았다.

이 시간에 그가 여기 머물고 있다는 걸 모르는 조직은 한 곳도 없을 것이다. 만약 있다면 그건 오리지널 바보들이 모인 곳일 테고.

소파에 앉아 현관을 바라보는 이혁의 눈빛이 차츰 무겁게 변했다.

문밖에서 느껴지는 기운은 너무도 익숙했다. 볼지 말지 갈등할 수밖에 없는 사람이 방문한 것이다.

"빌어먹을."

그는 나직하게 혀를 차며 일어났다.

현관문을 열자 강하고 거친 눈빛이 똑바로 부딪쳐 왔다. 마음의 준비가 되어 있다고 생각했지만 저 눈빛을 보자 자신이 얼마나 자만했는지 알 수 있었다.

5년 전의 그날들처럼 여전히 가슴이 떨렸다.

"이혁, 이 개자식!"

눈빛만큼이나 맹렬한 기세가 담긴 욕설이 터져 나왔다. 이마가 선뜻해졌다. 어느새 권총의 총구가 이마에 닿아 있었다.

'암사자가 따로 없군, 젠장.'

이혁은 속으로 혀를 차며 손끝으로 총열을 짚어 옆으로 밀었다.

"오랜만의 인사치고는 거치네."

"인사? 정말 죽여 버릴까?"

"권총 갖고 다니는 거 보니까 아직 형산데 괜찮겠어? 네 삶의 원칙에도 맞지 않는 행동이잖아, 이거. 그러니까 집어넣어."

이수하는 잡아먹을 것처럼 이혁을 노려보며 권총을 거뒀다.

"후우… 개자식, 언젠가 내 손으로 교도소에 집어넣을 거야."

"죽이지는 않고?"

"기회만 되면 그것도 나쁘지 않은 선택이 되겠지."

이혁은 현관문을 활짝 열고 옆으로 비켜섰다.

"욕만 하고 갈 거 아니면 들어와."

이수하는 무섭게 그를 노려보며 안으로 들어섰다.

이혁은 씁쓸한 미소와 함께 그녀의 뒤를 따랐다.

그녀는 깃이 큰 푸른색 와이셔츠와 일자바지 차림이었다. 눈가에 희미하게 잔주름이 몇 개 늘었지만 여전히 아름다웠고, 몸매의 라인은 눈이 부셨다. 5년 전과 달라진 것이 없었다.

이혁의 목울대가 꿈틀거렸다.

이수하의 뒷모습을 보는 것만으로도 입안의 침이 마르고 몸이 뜨거워졌다.

인정할 수밖에 없었다, 한시도 그녀를 잊은 적이 없다는 것을.

거실 탁자 건너편에 앉은 이수하가 이혁을 노려보며 입을 열었다.

"내가 찾아올 걸 예상하지 못했다는 얼굴이네?"

"쩝… 예상하지 못했다는 건 좀 아닌 것 같고…….."

"그럼 일부러 생각을 하지 않으려 하고 있었던 거야?"

이혁은 어깨를 으쓱했다.

"글쎄."

두 사람은 입을 다물고 잠시 서로를 노려보았다. 이수하의 눈에서는 불똥이 튀는 것 같았고, 이혁은 깊은 바다처럼 그녀의 강렬한 눈빛을 받아냈다.

이혁이 불쑥 물었다.

"왜 왔어?"

질문을 받은 이수하의 미간에 골이 패였다.

"몰라서 물어?"

"네가 나를 잡아넣을 수 없다는 것 정도는 알지. 갑하산에서 네가 본 것의 증거가 하나도 없으니까. 그래서 모르겠다, 네가 왜 여기 왔는지. 보고 싶어서 온 거야?"

"미친놈, 그럴 리가 없잖아!"

이수하는 주먹을 움켜쥐며 언성을 높였다.

"그럼?"

"윤석구라는 이름 기억해?"

이혁은 고개를 끄덕였다.

"5년 전 대전 사건 때 공권력을 총괄 지휘했던 사람이 잖아. TV에도 자주 나왔던 이름이고. 네 친구 윤성희의 초대로 직접 만난 적도 있어. 기억 못할 리가 없지."

그의 뇌리에 제이슨으로부터 윤석구의 죽음을 전해 듣던 순간이 떠올랐다.

당시 그가 받은 충격은 작지 않았다.

공식적으로는 과로사 처리되었지만 이혁은 윤석구가 살해당했다는 것을 잘 알고 있었다, 그 일에 어떤 식으로 든 태양회가 개입되었다는 것도.

그들이 국정원 2차장을 국내에서 암살할 정도의 힘을 가지고 있다는 사실은 당시의 그를 무척 진지하게 만들었었다.

이수하가 말을 이었다.

"내 친구 성희가 그분의 죽음에 얽힌 진실을 지난 5년 동안 추적했어."

그녀의 두 눈이 똑바로 이혁에게 부딪쳐 왔다.

그녀가 말을 이었다.

"성희는 네가 그분을 죽인 자들에 대해 자기보다도 더 많은 것을 알고 있을 거라고 했어. 나는 그걸 확인하고 싶어서 왔어. 성희 말이 맞아?"

이혁은 미간을 찡그렸다.

그의 깊게 가라앉은 두 눈에 미묘한 빛이 떠올랐다.

그가 말했다.

"그녀가 정말 내가 그에 대해 알고 있다고 한 거야?"

이수하가 헛웃음을 흘렸다.

"하하… 내가 말을 만들 이유가 있어? 없잖아."

"그녀가 다른 말은 하지 않았어? 궁금해도 물어보지 말라든지, 지금 네가 원하는 걸 알게 되었을 때 정말 위험해질 수도 있다든지……."

"말할 필요가 있었겠어? 그런 말 듣는다고 못 본 척할 나도 아니잖아."

"후우… 그건 그렇지……."

이혁은 탄식했다.

이수하가 차가운 목소리로 말을 받았다.

"성희가 내게 넘겨준 자료들은 소름 끼칠 정도로 무서운 것이었어. 그것들 속에는 이 나라의 정치, 경제, 사회, 문화 전반에 걸쳐 수단 방법을 가리지 않고 자신들의 이익을 관철시키려 하는 음지의 조직이 있다는 걸 말해 주고 있었거든. 개인이 상대하기에는 너무도 거대하고 강력한 힘을 가진 조직이……."

"그러니까 넌 빠져."

말을 잇는 이혁의 얼굴은 진지했다.

"그들은 정말 위험해. 수십 년 동안 그들에 대항했던 많은 사람이 무참하게 죽어갔어. 정의감도 좋지만 네가 그들과 대항하겠다는 건 자살하고 싶다는 말과 동의어야."

"그럼 내버려 두라는 거야? 자신들에게 방해된다고 국정원 2차장을 암살하고 원장을 강제 퇴직시켜 폐인으로 만드는 그런 놈들을?"

이수하의 눈빛이 타오르는 횃불처럼 이글거렸다.

"타인의 생명을 깃털처럼 가볍게 여기는 자들이야. 강대한 권력을 자신들의 이익이라는 이기적인 목적을 위해서 거침없이 쓰는 놈들이기도 하고. 그로 인해 피해를 입고 삶이 망가지는 사람들이 얼마나 되는지 셀 수조차 없어. 그런 놈들을 어떻게 그냥 놔둬! 내가 왜 경찰이 되었는데? 나는 죽어도 그렇게는 못 살아!"

그녀는 길게 숨을 들이쉬며 말을 이었다.

"그래서 너도 그냥 둘 수 없어. 그 시산혈해 속에 서 있던 너를 나는 잊을 수 없어. 내게 너는… 그들과 같아."

이혁의 얼굴이 굳어졌다.

이수하의 말은 계속되었다.

"나는 네가 처한 상황을 몰라. 너는 할 말이 있겠지, 그렇게밖에 할 수 없는 이유가 있었다고. 하지만 나는 그

피바다 속에서 사람을 죽이던 네가 윤석구 차장님을 암살한 자들과 다를 바 없어 보여. 어떤 이유로도 사람을 죽이는 건 정당화될 수 없어. 그건 문명화된 이 시대의 마지막 약속이야."

이수하의 숨결이 가빠졌다.

"그 약속이 깨지면 강자들이 전횡하던 이전 시대로 돌아가게 돼. 그건 역사의 후퇴야. 너는 내가 상상도 할 수 없는 어떤 능력을 갖고 있는 거 같아. 네 주변에 강대한 힘이 있는 것도 같고. 그렇다고 네가 타인을 죽이는 행위가 용서될 수는 없어. 능력, 이유, 힘. 그 무엇으로도 살인은 정당화되지 않아. 내가 경찰이 아니었다 해도 그걸 용납하지 못했을 거야. 그래서 너를 쫓을 수밖에 없는 거야."

이혁은 쓸쓸한 얼굴로 등을 소파에 기대며 말을 받았다.

"알아, 네가 어떤 여잔지. 아니까… 그러니까 더는 네가 얽히는 게 싫은 거야. 끝이 어떻게 날지 뻔하니까."

그는 낮은 한숨과 함께 말을 이었다.

"진심으로 하는 말이야. 빠져라, 그렇지 않으면 죽어."

이수하는 피식 웃었다.

"내가 그런 말에 겁먹고 꽁무니를 뺄 여자가 아니라는

거, 잘 알지 않나?"

"잘 알지. 아니까 답답해 죽을 것 같다. 빌어먹을……."

"성희는 그들 때문에 이 나라에 아주 위험한 일이 벌어질지도 모른다는 말을 했어. 하지만 그 일이 무엇인지는 걔도 몰라. 그래서 나한테 함께 조사해 보자고 손을 내민 거야. 아는 게 있으면 말해줘. 그놈들의 정체가 뭐야? 그들이 정말 이 나라에 위험한 짓을 하려고 하는 거야? 그럼 대체 그 일이 뭐야?"

이혁은 등을 세웠다.

"말해주는 거 어렵지 않아. 하지만 내 말을 듣고 나면 되돌아갈 수 없어. 그렇게 하도록 놔둘 놈들이 아니야. 누구도 너를 돕지 않을 거야. 오히려 죽이려 하는 자들만 넘쳐나겠지. 그래도 들을 거야?"

이수하는 웃으며 고개를 끄덕였다.

"이제는 그들이 뭐하는 놈들인데 네가 나를 이렇게 겁주는지 반드시 알아야 되겠어. 그냥 돌아가면 궁금해서 제 명에 죽지 못할 거 같아."

"대책 없는 여자다, 진짜……."

이수하는 어깨를 으쓱했다.

"그걸 이제 알았어?"

　　　　　*　　　　　*　　　　　*

　서울 종로.

　가로등의 전구가 깨진 탓에 골목 안은 귀신이라도 튀어나올 것처럼 어두웠다.

　좁은 골목을 따라 걷던 윤성희는 두 개로 갈라지는 길에서 왼쪽을 택했다.

　2십여 미터를 걸어가 오른쪽으로 꺾자 바로 앞에 지하로 향한 계단이 나타났다.

　계단이 끝나는 지점은 녹이 잔뜩 슬어 있는 철문으로 막혀 있었다.

　윤성희가 철문 앞에 서자 기다렸다는 듯이 끼이익 하는 작은 소음과 함께 문이 열렸다.

　문의 안쪽에 서 있던 사십 대의 건장한 중년 남자를 본 윤성희가 고개를 숙였다.

　"사형."

　"오느라 고생했다."

　사형이라 불린 남자, 노승호는 예리한 눈으로 밖을 훑어보고는 문을 닫았다.

　"가자, 스승님께서 기다리고 계신다."

　좁은 복도를 십여 미터 걷자 커다란 거실과 연결된 여러 개의 방이 있는 곳이 보였다.

거실은 소파나 탁자 같은 물건이 보이지 않았다. 나무로 된 벽면도 장식이 없어 썰렁하게까지 느껴질 정도였다.

한쪽에 차를 마실 수 있는 다기 세트가 있고, 바닥에는 넓은 융단이 깔려 있을 뿐이었다.

그 중앙에 작은 체구의 노인이 눈을 감은 채 가부좌를 틀고 앉아 있었다.

윤성희는 노인의 앞에 무릎을 꿇고 앉았다.

노인은 눈을 떴다.

그는 온화한 눈으로 윤성희를 보며 입을 열었다.

"말해보거라."

"제 친구 이수하가 대전 유성구의 호텔에서 그를 만났다는 연락을 받았습니다."

노인은 심연처럼 깊어진 눈으로 윤성희를 보며 귀를 기울였다.

이혁이 대전에 있다는 건 이미 널리 알려진 사실이었기에 새삼스러울 건 없었다.

윤성희가 말을 이었다.

"대전 남부 경계와 강원도 함백산 부근에서 대규모 유혈 사태가 있었다는 유언비어가 은밀하게 떠돌고 있다는 첩보가 경찰 내부 정보망에 접수되었습니다. 정보라인 고위직에 있는 분에게서 들은 것이라 신빙성은 충분합니다."

노인의 눈이 노승호를 향했다.

"함백산이라면?"

노승호가 말을 받았다.

"태양회의 연구 시설이 있는 곳입니다."

노인이 빙그레 웃었다.

"들어오자마자 일을 크게 벌이는구나. 역시 지켜볼 만한 녀석이로다."

그가 윤성희를 보며 말을 이었다.

"이수하란 아이로부터 어떤 이야기를 듣게 되든 최대한 신속하게 승호에게 전하거라."

"예, 스승님."

노인은 만족스런 표정으로 말했다.

"오래 기다렸구나. 하지만 곧 기다림의 끝이 올 게야."

윤성희의 눈매가 가늘게 떨렸다.

"그럼……."

노인은 고개를 끄덕였다.

"조만간 네가 원하던 복수의 순간을 잡을 수 있을 게다."

그 말을 들은 윤성희의 얼굴이 조금씩 붉게 물들었다. 냉정한 그녀도 흥분을 참지 못하게 하는 말이었다.

제3장

박철규의 눈꺼풀이 파르르 떨리더니 위로 올라가며 초
점을 잃은 눈이 드러났다.

　눈앞의 사물들은 후광처럼 번진 흰빛으로 가득 차 있
었다.

　"정신이 드나?"

　굵은 중년 남자의 음성이 귓전을 울렸다.

　한국말이 아닌 영어였다.

　눈을 몇 번 깜작이자 조금씩 눈앞이 선명해졌다.

　박철규는 목소리가 들려온 쪽으로 고개를 돌렸다. 우
드득거리는 소리가 들렸다. 목뼈가 부러질 것처럼 아팠

다. 그는 의식하지 못하고 있었지만 입가에는 맑은 침이 흘렀다.

"쯧쯧, 지독하군."

같은 목소리가 또 들렸다.

맑은 여인의 목소리가 사내의 말을 받았다.

"척추를 비롯해서 신체를 지탱하는 뼈의 절반가량이 조각났어요. 뇌의 일부도 심한 충격으로 기능이 마비되었고요. 살아도 폐인 신세를 면치 못할 거예요."

"안다, 제시카. 박철규는 고대 무예의 정화라고 할 수 있는 내가중수법이라는 것에 당했다. 그것에 당하면 겉은 멀쩡하게 보여도 몸 안은 허리케인에 휘말린 시골 마을처럼 엉망진창이 된다."

"보스가 있다고 하시니까 믿기는 해도 정말 신기해요, 그런 무예가 있다는 것이."

"네가 신기해하는 것도 무리는 아니다. 세상을 통틀어 그런 무예가 있다는 걸 알고 있는 사람은 한 줌도 안 되니까."

박철규는 혀로 입술을 축였다.

다행히 좀 불편하긴 해도 혀는 뜻대로 움직여 주고 있었다.

"누… 구… 시오……?"

더듬거렸지만 알아듣는 데는 지장이 없는 목소리였다.

그도 역시 영어로 말하고 있었다.

"타케시 후지와라."

박철규의 눈끝이 꿈틀거렸다.

"들어본 적이 있는 모양이로군."

"타이요우… 후지… 와라……."

"맞네, 나는 후지와라 가문 사람이다."

"이곳은……?"

불이 켜진 내부는 환했다. 그러나 창에는 두터운 검은 커튼이 드리워져 있어서 밖을 볼 수 없었다.

대답한 사람은 여자, 제시카였다.

"천안에 있는 타이요우의 안가예요."

"고맙… 소. 구해… 주… 어서……."

말하기가 힘겨운 듯 박철규는 계속해서 가쁘게 숨을 몰아쉬었다.

그 모습을 보며 타케시는 내심 혀를 찼다.

"구해주어서 고맙다고 하기엔 자네 상태가 너무 좋지 않군."

비록 기습 때문에 놓치기는 했지만 이혁이 박철규를 온전하게 보내준 건 아니었다.

그는 박철규를 야마다에게 집어던질 때 천강귀원공의 강대한 기운을 그의 몸 안으로 흘려 넣었다.

타케시가 예상한 것처럼 내가중수법으로 박철규의 내

부를 으스러뜨려 그저 숨만 붙여둔 것이다.

타케시가 말을 이었다.

"그래도 조직으로 돌아가면 온전해질 수 있겠지. 그것
도 못한다면 그동안 해온 초인 연구는 헛된 것일 테고."

박철규는 눈만 껌벅였다.

타케시의 말에 전혀 놀라지 않은 기색이었다.

그는 초인 연구와 관련된 깊은 비밀까지 알고 있지는
못했다. 그럴 수 있는 신분이 아니었다. 하지만 타이요우
가 초인 연구를 계속해 왔다는 것까지 모르지는 않았다.

타케시가 제시카를 돌아보며 물었다.

"무스펠하임의 움직임은 어때?"

"나탈리아 사키나가 어디에 있는지 확인되지는 않고
있지만 천안에 들어오지 않은 건 확실해요."

"그녀 외에 또 다른 자들은?"

"이공작 사백작이 전부 한국에 온 건 맞지만 아직 그
들이 움직이고 있지는 않은 듯해요. 정보망에 걸리는 게
없어요. 그들만이 아니라 앙천과 현인회, 독수리의 발톱.
감시할 자들이 한둘이 아니에요."

제시카는 짜증난다는 얼굴로 말을 이었다.

"그들을 감시망에 두려면 태양회의 도움이 반드시 필
요해요. 여기 있는 타이요우의 정보망만으로 얻을 수 있
는 것은 한계가 있다는 걸 보스도 아시잖아요."

타케시는 고개를 끄덕였다.

제시카의 말이 맞았다.

그가 품 안에서 맑은 액체가 찰랑거리는 엄지손가락만 한 병을 꺼내 박철규에게 흔들어 보이며 말했다.

"이것이라면 자네가 부친을 만날 수 있을 정도로 몸을 회복시켜 줄 걸세. 물론, 영구적인 건 아니고 열두 시간이 지나면 다시 지금 상태로 돌아온다는 제약이 있긴 하지만. 빠듯하지는 않으리라 생각하는데 어떤가?"

박철규의 눈이 빛났다.

"도… 와 주신… 다면……."

타케시는 환하게 웃으며 병을 내밀었다.

"마시게."

＊　　　　＊　　　　＊

커피 잔에서 입술을 뗀 시은은 창가로 걸어갔다. 창문은 아이보리색 커튼으로 가려져 있었다.

그녀는 손을 들어 살짝 커튼을 걷고 창밖으로 시선을 돌렸다.

구름 한 점 없는 푸른 하늘과 그 아래 잘 가꾸어진 넓은 정원이 시야에 가득 들어왔다.

그 뒤로 높이가 3미터는 됨직한 붉은 벽돌 담장이 보

였다.

평소에는 너무 높아서 답답하게 느껴지기도 했지만 오늘은 그 너머로 보이는 하늘이 너무 깨끗해서인지 그리 답답하지 않았다.

이곳 또한 편정호가 비밀리에 마련해 준 안가였다. 그의 조직 소유는 아니고 개인적인 친분이 있는 사업가의 별장이었다.

"연주야."

소파에 앉아 막 과자를 한 입 베어 물려던 신연주가 움직임을 멈추고 대답했다.

"예, 언니."

"편정호 씨 주변은 잘 지켜보고 있는 거니?"

연주는 빙그레 웃었다.

"안심할 정도는 아니지만 크게 염려하지는 않으셔도 될 것 같아요. 태양회와 타이요우도 편 사장님을 감시하고 있지는 않으니까요. 그분이 실력 있는 전국구 주먹이긴 하지만 지금 벌어지고 있는 전쟁에 어떤 영향력을 행세할 만한 사람은 아니라고 생각하기 때문이겠죠."

시은은 고개를 끄덕였다.

이혁은 언제든 직접 연락을 취할 수 있기 때문에 그에 대해 따로 물어볼 일은 없었다.

작은 걱정은 편정호를 비롯한, 이혁과 과거에 인연을

맺었던 사람들이었다.

"그자들이 혁이를 잘 모른다는 게 다행이야."

낮게 중얼거리며 그녀는 커피 잔을 입에 댔다.

매혹적인 커피 향이 입술을 타고 코로 흘러들어 왔다.

그녀의 뇌리에 자신의 목숨보다 더 소중한 남자의 얼굴이 떠올랐다.

'후우……'

이혁의 얼굴이 떠오르면 조건반사처럼 한숨이 나온다는 생각에 그녀는 쓴웃음을 지었다.

'그자들이 혁이가 얼마나 정이 많은 남자인지 안다면……'

그녀는 이혁이라는 남자를 그 자신보다도 오히려 더 잘 알고 있는 이 세상 유일의 여인이었다.

무력(武力)이야 어렸을 때부터 말하면 입 아플 정도로 강했으니까 말할 필요도 없었고, 성격적인 측면을 본다면 이혁은 굉장히 단순한 편이라고 할 수 있었다.

그는 한꺼번에 두 가지 생각을 하는 걸 별로 좋아하지 않는 데다, 결론이 나면 끝을 볼 때까지 뒤를 돌아보지 않았다.

마음을 쉽게 주지 않았지만 한 번 주면 그 사람 때문에 손해를 입는다 해도 뒤통수를 맞지 않는 한 신뢰를 거두지 않았다.

대신 사람에게 크게 집착하지도 않았다. 주변에 소통할 사람이 없다 해도 외로워하지 않았다.

하지만 시은은 그것이 그저 이혁의 겉모습일 뿐이라는 걸 알고 있었다.

'그것은 남들과 다른, 평범하지 않았던 소년 시절이 그에게 갖도록 강요한 성격이지. 그의 진짜 모습은……'

그녀의 눈빛이 아련해졌다.

이혁이 대전으로 내려오기 전, 그녀는 그와 1년 반을 한 아파트에서 함께 살았다.

투덜거리면서도 시키는 건 다하던 이혁의 모습이 떠올랐다. 옆집의 신혼부부가 기르는 말티즈 새끼 강아지와 복도에서 놀던 그의 얼굴도 생각이 났다.

당시 고1이던 이혁은 새끼 강아지가 다칠까 겁이 나서 제대로 안지도 못했다.

그는 그때 이미 진혼의 집행자로 손에 피를 묻히는 외부 활동을 하고 있었다.

그녀의 눈가에 그늘이 졌다.

'혁이가 아무리 동의했다고 해도 그가 살인에 무감각한 사이코패스 같은 성격이 된 데는 내 책임도 적지 않아.'

그녀는 가볍게 고개를 저었다.

'후우… 언젠가는 혁이도 평범한 행복을 누릴 수 있는 날이 오겠지… 하지만 지금은……'

그녀는 피처럼 붉은 입술을 꼭 깨물었다.

상념에 빠질 시기가 아니었다.

신연주가 시은의 안색을 살피며 조심스럽게 입을 열었다.

"그런데 언니… 혹시 알고 계세요?"

"무얼?"

"몇 시간 전에 이수하 형사가 그분을 방문했었어요."

놀라 돌아보는 시은의 미간은 잔뜩 좁혀 있었다.

그녀가 조금 날카로워진 목소리로 물었다.

"이수하 형사가?"

30분 전에 이혁과 통화했지만 그는 이수하가 찾아왔었다는 말을 하지 않았다. 왜 그랬는지 대충 짐작은 할 수 있었다. 그렇다고 해서 서운하지 않은 건 아니었다.

"예, 한 시간 정도 머물렀다가 떠났어요."

시은은 굳어진 안색으로 물었다.

"그녀에 대한 감시는?"

이수하는 형사지만 지금 대전엔 그녀의 신분 따위는 전혀 괘념치 않는 괴물들이 사람들 속에 섞여 돌아다니는 중이었다.

그리고 그들의 숫자는 계속해서 불어나고 있었다.

"하고 있어요. 그런데 그녀에게 벌써 꼬리가 여럿 붙었어요. 상황이 별로 좋지 않아요."

"하아… 이 상황에 혁이를……."

시은은 곤혹스런 어투로 중얼거렸다.

신연주가 잠시 머뭇거리다가 물었다.

"언니, 그분은 아무 말씀도 없으셨던 거예요?"

"그래."

신연주가 긴장된 어조로 목소리를 낮추며 말했다.

"제가 쓸데없는 걸 보고드린 건 아닌지……."

시은은 쓰게 웃었다.

"그럴 리가 없잖니. 너도 알다시피 그녀는 혁이에게 정말 중요한 여자야. 통제 불가능한 성격의 소유자라는 게 마음에 들지는 않지만… 그녀에게서 눈을 떼지 말도록 해."

그녀는 후우 하는 낮은 한숨과 함께 말을 이었다.

"그리고 두 사람의 관계에 대한 정보는 최대한 교란시켜. 혁이에게 그녀가 어떤 의미를 갖는지 적들이 알게 된다면 무슨 일이 생길지 몰라. 그리고 그녀의 신변에 좋지 않은 일이 생기면 혁이가 흐트러질 가능성이 커. 그런 일은 막아야 해."

"예, 언니."

신연주는 단호한 대답과 함께 자리에서 일어났다.

"나가볼게요."

시은은 말없이 고개를 끄덕였다.

혼자가 된 시은의 눈이 다시 정원으로 향했다.

"이 시점에 이수하가 왜 혁이를… 아직도 그에 대한 옛 감정이 남아 있다면 그럴 수도 있다고 생각되긴 하지만… 석연치가 않아……."

중얼거리는 그녀의 눈빛이 겨울 밤하늘의 별처럼 차갑게 빛났다.

이수하는 형사다. 그래서 이혁에 대한 정보를 수월하게 얻을 것이라고 생각하기 쉽다. 그러나 사실은 그 반대다.

이혁에 대한 공식적인 정보는 오히려 얻기 어려웠다. 제이슨으로 대표되는 CIA의 인맥이 공식적인 라인으로 흐르는 그의 정보를 통제하고 있기 때문이다.

그럼에도 이수하는 이혁을 찾아왔다.

비공식적으로 그의 정보를 그녀에게 전달하는 자가 있다고 의심하는 게 합리적이었다.

그녀는 스마트폰을 들어 단축 번호를 눌렀다.

몇 번 신호가 가자 상대가 전화를 받았다.

시은이 입을 열었다.

"미성아."

[예, 언니.]

미성은 서울에서 시은이 바(이시스)를 운영할 때부터의 심복으로 생사고락을 함께해 온 진혼의 조직원이다.

시은이 말을 이었다.

"이수하 알지?"

[그럼요.]

"그녀가 혁이를 만났어."

[이 상황에요……?]

미성도 놀란 듯 언성이 높아졌다.

시은이 말을 받았다.

"아무래도 예감이 이상해. 그녀의 뒷조사를 해줘."

[윤성희가 나올 가능성이 가장 커요, 언니.]

"알아. 하지만 그녀 혼자만은 아닌 것 같아. 그녀들 뒤에 누군가가 있는 거 같아."

[그녀들이 마리오네트일 거라고요? 뜻대로 다루기엔 머리가 좋고 개성이 아주 강한 여자들이잖아요?]

"보통 사람들이 다루기엔 벅찬 개성의 소유자들이 맞아. 하지만 어떤 부류의 사람들에게 그녀들은 그냥 아이나 마찬가지야."

시은의 말에서 일의 심각성을 느낀 미성의 목소리가 딱딱하게 굳으며 가라앉았다.

[알았어요, 언니. 최대한 빨리 알아볼게요.]

"조심하고. 어떤 괴물이 튀어나와도 이상하지 않은 상

황이야."

　[예.]

　미성의 대답을 들으며 시은은 전화를 끊었다.

　그녀는 미성을 믿었다.

　미성은 신중하고 똑똑한 여자였다.

＊　　　　＊　　　　＊

　새벽 2시가 넘으면서 도시는 어둠과 침묵에 장악당했다.

　아직도 대로변에는 네온사인들이 번쩍이고 술에 취한 사람들이 비틀거리며 돌아다녔지만 한 걸음만 골목으로 들어가면 적막이 감도는 어둠과 대면할 수 있었다.

　이혁은 적막에 잠긴 골목의 어둠 속에 은신해 있었다. 골목 너머로 그가 머물던 호텔의 전경이 보였다.

　그는 눈을 가늘게 뜨고 외부로부터 전해지는 무형의 촉각에 정신을 집중했다.

　호텔 현관을 나올 때부터 끈질기게 느껴지던 미묘한 감각이 여전히 따라붙고 있었다.

　'나탈리아 사키나…….'

　어둠 속에서 그의 두 눈이 맹수의 그것처럼 시퍼런 빛을 발했다.

그가 함백산에서 돌아온 후 호텔 밖으로 나오지 않은 건 기다리는 사람이 있었기 때문이다.

찾으러 돌아다니면 오히려 만나기 어려운 상대.

나탈리아 사키나.

무스펠하임의 초상능력자들이 전투 현장에서 가장 신뢰한다는 백업 우먼.

바로 그녀를 기다렸던 것이다.

싸이킥 스나이핑이라는 기괴한 초상능력의 영역을 개척한 나탈리아 사키나는 그가 겪었던 어떤 적들보다도 상대하기 까다로웠다.

일단 눈에 보이지 않을 정도의 원거리에서 타격해 온다는 것과 그것을 방어하기 위해서 끊임없이 긴장하고 있어야 한다는 것이 근접한 적을 상대할 때보다 몇 배 더 많은 스트레스를 유발시켰다.

실제 전쟁터에서도 저격수는 적에게 공포를 선사하는 최악의 병사였다.

이런 적은 본격적인 전쟁이 시작되기 전에 제거해야 했다. 뒤에 둔 채로 움직인다면 신경이 분산되어 실수할 확률이 기하급수적으로 높아지니까.

사키나의 시선은 초점이 잡히지 않은 것처럼 이혁의 주변을 이리저리 배회했다.

그녀의 신경망이 목표를 락온(Lock-on)하지 못하

고 있기 때문에 벌어지는 현상이었다. 하지만 그 범위는 1.5미터를 넘어가지 않았다.

이혁은 열 영상 최신 장비로도 감지하지 못하는 사신 암행과 암향무영으로 몸을 감추고 있었다.

그것을 감안한다면 비록 락온하지 못하고 있다 할지라도 그를 1.5미터 범위 내에서 추적하고 있는 사키나의 능력은 경이로운 것이었다.

'혼자 있지는 않을 거다. 지금처럼 예민한 상황에서 그녀와 같은 능력자를 잃는다면 큰 손실일 테니까. 백업 요원들이 따라붙어 있다 생각하고 움직여야 한다.'

이혁은 온 정신을 몸에 닿는 감각에 집중했다.

그를 반드시 쓰러뜨리고야 말겠다는 사키나의 강렬한 의지와 신중함이 손에 잡힐 듯 느껴졌다.

잠시 후 이혁의 시선이 도로와 몇 개의 낮은 건물을 지나 5백여 미터 떨어져 있는 건물을 향했다.

낯이 익었다.

30층이 넘는 고층 건물들 사이에 숨은 채 수줍은 새 색시처럼 모서리의 일부만 드러낸 13층짜리 복합 상가였다.

'그리 멀지는 않군.'

이혁과 같은 고수에게 5백 미터는 코앞이나 다름없는 거리다.

그걸 모르지 않을 사키나였다.

그녀도 이렇게 가까운 거리에 자리를 잡는 건 분명 내키지 않았을 것이다. 그럼에도 그녀에겐 다른 선택의 여지가 없었겠지.

이혁이 머무는 호텔을 감시할 수 있는 건물 중 가장 멀리 있는 것이 저 복합 상가였다.

그 너머에 있는 건물에서는 호텔을 볼 수가 없다.

복합 상가를 바라보는 이혁의 입가에 희미한 미소가 걸렸다.

'무스펠하임, 오늘 밤 누가 죽는지 한번 해보자고. 내가 여기 있다고 안심하는 건 아니겠지? 너희만 팀이 있는 건 아니잖아.'

이혁은 생각을 말로 내뱉지 않았다. 그런데도 마치 그 말을 기다리기나 했다는 듯 복합 상가 근처 건물의 옥상에서 거대한 백색의 섬광이 눈부신 빛을 뿌리며 허공을 가로질렀다.

콰쾅!

벼락이 치는 듯한 굉음과 함께 이혁이 보고 있던 복합 상가 건물의 7층 외곽이 폭발과 함께 화염과 파편을 뿌리며 무지막지한 기세로 터져 나갔다.

"아악!"

"뭐야?"

"이거… 테러?"

"가스 폭발?"

"허억!"

아직 잠들지 않거나 거리에 있던 사람들이 지르는 온갖 비명과 외침이 단숨에 부근을 시장 바닥으로 만들었다.

그 순간 이혁은 자신의 주변을 떠돌던 시선이 사라졌다는 것을 알 수 있었다.

그의 미소가 진해졌다.

'나이스, 레나! 기다리고 있었어.'

그는 전력을 다해 땅을 박찼다.

한 가닥 바람처럼 그는 5백 미터를 찰나간에 내달렸다.

복합 상가 근처에 도착한 그는 어둠 속에 은신한 채 사방을 빠르게 훑었다.

건물의 7층에서는 아직도 불길이 치솟고 있었고, 간간이 파편이 지상으로 떨어졌다. 그러나 다치거나 죽은 사람은 없는 듯했다.

상가 건물이야 10시가 넘으면 경비원들밖에 남지 않기 때문에 사상자가 있을 가능성은 거의 없었다.

새벽에 가까운 시간이라 거리도 비어 있어서 떨어지는 파편에 맞은 사람도 없는 듯했다.

사상자가 보이지 않아서인지 구경하는 사람들도 크게 소란을 떨고 있지 않았다.

사람이 다치지 않은 건 다행이었지만 소란이 덜한 건 그리 달가운 일이 아니었다.

이혁은 혀를 찼다.

혼란이 심할수록 적을 잡기가 쉬웠을 터였다.

'상관없다. 이런다고 못 잡으면 누나가 비웃어. 공부 못하는 놈들이나 참고서 탓하는 거지.'

이혁은 자신이 학생일 때 얼마나 공부를 못했었는지 벌써 잊고 있었다.

사방을 빠르게 훑어나가던 이혁의 눈이 한곳에서 멈췄다.

빌딩과 빌딩 사이의 골목 허공에서 시뻘건 화염과 작렬하는 번개가 무서운 기세로 충돌하고 있었다.

불의 주인이 누구인지는 생각할 필요도 없었다.

'줄리앙!'

이혁은 땅을 박찼다.

5십여 미터 떨어져 있던 골목이 단숨에 코앞에 있는 것처럼 가까워졌다.

빌딩의 1, 2층 외벽이 지진이라도 만난 것처럼 쩍쩍 갈라진 곳에 줄리앙과 사십 대로 보이는 차가운 인상의 키 큰 남자가 있었다.

푸르고 굵은 힘줄이 온 얼굴을 뒤덮고 있어 기괴하게까지 보이는 얼굴의 중년 남자가 이혁을 돌아보았다.

줄리앙이 이혁에게 말했다.

"팔츠 레마임 백작 휘하의 능력자 데이빗 노먼이라네. 번개를 호주머니 속에 있는 구슬 다루듯 하는 자지."

이혁과 데이빗의 눈이 허공의 한 점에서 만났다.

눈은 움직이지 않은 채 이혁이 줄리앙에게 물었다.

"사키나는?"

"데이빗이 막는 바람에 나는 놓쳤네. 하지만 염려하지 않아도 될 걸세. 에이단은 놓치지 않을 테니까. 그의 광역 탐지는 마스터도 쉽게 벗어나지 못하는 능력이라는 걸 자네도 알잖나. 사키나에게 그 정도의 능력은 없네."

이혁의 눈빛이 강해졌다.

그가 데이빗에게 말했다.

"싸우기도 귀찮다. 꺼져. 그럼 살려주지."

데이빗이 어처구니없다는 얼굴로 피식 웃었다.

"누가 누굴 살려준다고? 미친 새끼. 꿈 깨라."

이혁은 어깨를 으쓱했다.

"그럼 죽어."

말이 끝나기도 전에 그의 모습이 푹 꺼지듯 그 자리에서 사라졌다.

데이빗의 눈에 놀람의 기색이 폭죽처럼 솟구쳤다. 긴

장한 채 보고 있었는데도 바로 눈앞에 있던 이혁의 종적을 놓친 것이다.

파파파파파팟!

기절할 것처럼 놀란 그의 전신에서 시퍼런 빛이 스파크를 튀기며 흘러나오더니 거대한 누에고치처럼 전신을 에워쌌다.

번개를 움직이는 그의 솜씨는 고도로 숙련되어 있어서 그 반응속도는 믿어지지 않을 정도로 빨랐다. 하지만 이혁은 그가 상상하는 이상으로 빨랐다.

스읏!

아무런 소리도 나지 않았지만 데이빗은 공기가 갈라지는 소리를 들은 듯했다.

그럴 수밖에 없었다.

누에고치의 안쪽, 바로 그의 눈앞이 예리한 칼에 베인 비단처럼 수직으로 갈라졌고 그 안에서 이혁이 튀어나오고 있었다.

반투명한 홍광에 휩싸인 두 손을 사선으로 휘저으면서.

"으악!"

푸확!

처절한 비명과 함께 시뻘건 피분수가 솟구쳤다.

데이빗은 절반 넘게 잘라져 피를 뿜어내는 목을 움켜

잡은 채 비틀거리며 뒤로 물러섰다.

그의 의지와 다르게 머리가 뒤로 넘어가고 있었다.

환상혈조는 그의 목을 뒷근육만 남긴 채 거의 다 잘라 버렸다.

두 걸음째 물러서던 데이빗의 눈에서 빛이 꺼졌다. 그리고 움직임을 멈춘 그의 몸이 그 자리에 모래성처럼 무너져 내렸다.

줄리앙은 멍한 눈으로 아무 말 없이 데이빗의 주검을 뛰어넘어 달리는 이혁의 등을 바라보았다.

"썬더볼트 데이빗이 단 일격에 쓰러지다니……."

불신의 기색이 가득 담긴 중얼거림.

두 눈으로 똑똑히 보았는데도 믿기 힘들었다. 그가 아닌 다른 사람이었다 해도 눈을 의심할 수밖에 없는 싸움이었다.

데이빗 노먼의 손에 숯덩이처럼 탄 채로 죽어간 빛의 고리 소속의 능력자가 몇 명이던가.

팔츠 레마임이 가장 신뢰하는 전투 능력자 중 한 명이라던 그가 저항도 제대로 하지 못한 채 피로 점철되었던 생을 이 작은 나라의 골목에서 허망하게 마감한 것이다.

뒤에 남은 줄리앙이 어떤 감상에 젖어 있는지 눈곱만치도 관심이 없는 이혁은 바람처럼 골목을 내달렸다.

담장이든 건물이든 앞을 막으면 한 걸음에 뛰어넘었

다. 높은 건물은 창문을 부수고 한 층을 무인지경으로 통과했다.

그가 떠난 자리에는 요란한 비상벨 소리만 남았다.

물론, 그가 아무 생각 없이 앞으로 달리기만 하는 건 아니었다.

귓속에 꽂혀 있는 초소형 무전기에서 흘러나오는 음성이 그가 가야 할 방향을 알려주고 있었다.

[좌측으로 꺾었어요. 거리는 5백 미터.]

귓속을 울리는 경쾌한 목소리는 에이단의 것이었다.

[3백 미터.]

"그녀 혼자는 아니겠지?"

[물론이죠. 경호하는 사람이 둘입니다.]

"누군지 알겠어?"

[제 광역 탐지 능력이 만능은 아닙니다, 켄. 달리는 것만으로 그런 것까지 파악할 수는 없어요.]

"혹시나 해서 물어봤다."

[실망시켜 드렸지만 전혀 미안하지 않습니다. 하하하.]

"그래, 너 잘났다."

[1백 미터. 우측으로 방향을 바꿨습니다.]

이혁의 두 발이 강하게 지면을 밀었다. 그의 앞을 가로막았던 3층 건물이 단숨에 발아래 놓였다.

직사각형의 옥상에 닿은 그의 두 발이 다시 바닥을 힘

껏 밀었다. 두 걸음 만에 그는 반대편 옥상의 끝에 도달했다.

시선을 내려 앞을 본 그의 입가에 미소가 떠올랐다. 건물 아래쪽 골목을 달리고 있는 2남 1녀의 등이 그의 시야에 들어왔다.

그들은 한 번 발을 움직일 때마다 6, 7미터를 이동했다. 보통 사람은 절대로 할 수 없는 달리기였다.

이혁은 눈을 빛내며 옥상 바닥을 박찼다.

사키나의 오른쪽에서 어깨를 나란히 하고 달리던 얀손의 안색이 굳어졌다. 살기는 느껴지지 않았지만 그의 예민한 감각은 위험을 알려오고 있었다.

올해 마흔여섯 살인 그는 신체 변형 능력을 가진 능력자로, 팔츠 백작과 함께 숱한 전장을 누빈 전투의 베테랑이었다.

자신의 감각을 절대적으로 신뢰하는 그는 돌아보지도 않고 뒤를 향해 왼손을 휘둘렀다.

앞으로 나아가는 그의 왼손이 문어 다리처럼 흐물거리더니 채찍의 형태로 모습을 바꾸었다.

그것이 허공을 푹 찔렀다.

그 끝에 이혁의 명치가 있었다.

"허접하고 놀 시간은 없다!"

얀손이 한국말을 알아들을 수 있었다면 귓구멍에서 연

기가 날 정도로 화가 날 말을 아무렇지도 않게 중얼거리며 이혁은 암왕경의 공력을 일으켰다.

그의 몸이 화살에 맞은 기러기처럼 아래로 뚝 떨어졌다.

천근추.

가슴을 노리던 채찍의 끝은 그의 머리 위 허공을 찔렀다.

고개를 돌린 얀손의 안색이 시체처럼 창백하게 변했다.

그가 등 뒤를 공격하고 고개를 돌리는 데는 1초도 걸리지 않았다. 그런데 어느새 그의 앞에 맹수처럼 퍼렇게 빛나는 눈을 가진 남자가 태풍처럼 들이닥치고 있었다.

사색이 된 얀손은 전력을 다해 두 팔을 휘둘렀다.

찰나간 그의 두 팔은 1미터 길이의 날카로운 검으로 변하며 허공을 베었다.

쉭쉭-

"놀아줄 시간 없다니까!"

이혁은 차갑게 소리치며 두 손으로 쌍검을 막았다. 그의 손끝에서 반투명한 홍광을 발하고 있는 환상혈조가 쌍검의 경로를 차단했다.

쩌쩡!

충돌의 순간,

얀손은 검을 통해 해일을 연상시키는 막대한 기운이 흘러들어 오는 것을 느꼈다. 위기를 감지하고 환상혈조에서 검을 떼어내려고 했지만 그의 뜻은 이루어지지 않았다.

이혁은 암왕경의 흡자결로 얀손의 검을 잡아두고 그곳으로 구겁천뢰탄의 기운을 쏟아부었다.

콰콰콰콰쾅!

폭탄이 터지는 듯한 굉음과 함께 골목 안이 육편과 핏물이 만든 피안개로 붉게 젖어들었다.

제4장

얀손과 함께 사키나를 경호하던 융커는 이를 악물며 땅을 박찼다.

그의 뒤로 얀손의 조각난 몸과 뜨거운 핏물이 자욱한 피안개처럼 내려앉았다.

'괴물 같은 놈……'

머리를 비틀어 힐끗 뒤를 돌아보는 그의 눈동자가 바람 앞의 촛불처럼 거세게 흔들렸다.

무심하게 가라앉은 이혁의 시선이 똑바로 부딪쳐 왔다. 그와의 거리는 5미터도 채 되지 않았다.

얀손의 저항은 이혁을 지체시키는 데 아무런 효과도

발휘하지 못했던 것이다.

정면으로 시선을 돌리던 그는 떨리는 눈으로 옆의 사키나를 돌아보았다.

이목구비가 크고 남자처럼 선이 굵어 시원시원하다는 평을 받는 사키나의 얼굴은 납덩이처럼 무겁게 굳어 있었다.

융커는 그녀의 눈에서 분노와 살기, 두려움과 공포를 보았다.

그는 지금 그녀가 무엇을 느끼고 있는지 절실하게 공감했다, 같은 마음이었으니까.

'어쩌다 이 지경이 된 거냐… 데이빗에, 얀손까지 잃고…….'

그는 어처구니가 없었다.

팔츠 백작의 지시를 받고 이곳에 투입되었을 때 일행의 마음은 가벼웠다.

전투가 있을 수 있어 아주 방심한 건 아니었지만 잠시 놀러 갔다 온다는 생각이 더 강했다는 걸 부인할 수 없다.

이혁의 무력이 강하다는 걸 몰라서가 아니었다.

그들은 이혁에 의해 나이지리아에 파견 갔던 핀과 알리나가, 파리에서 라울과 호세가 죽었다는 것도 알고 있었다. 사키나의 저격도 실패했었고.

그러나 이번에는 경우가 달랐다.

먼저 이혁의 손에 죽은 네 명의 초상능력자는 팔츠 백작 휘하의 전투 능력자 중 최하위를 차지하던 이들이었다.

죽은 데이빗은 훈련 중 결투에서 단신으로 그중 둘을 상대로 열 번 싸워서 전부 이겼던 적도 있었다.

그와 얀손의 전투 능력은 데이빗과 비슷했다.

그런 능력자 넷이 초반에 투입되었다.

그럼에도 이혁과의 싸움은 어른과 아이의 그것처럼 전개되었다.

저항하고자 하는 마음 자체를 없애 버릴 정도로 일방적인 열세였다.

융커는 이를 악물었다.

등 뒤에서 가공할 힘이 접근하는 게 느껴졌다. 전신에 소름이 돋아나고 있었다.

이혁이 그를 공격하고 있었다.

'그래도… 이 싸움은 우리가 이긴다……!'

고개를 돌린 융커와 사키나의 눈이 마주쳤다.

융커의 생각을 읽은 사키나가 고개를 끄덕였다.

사키나의 고갯짓을 보자마자 융커는 발을 교차하며 몸을 돌렸다. 그리고 혼신의 힘을 다해 정신을 집중했다.

이혁은 사키나의 옆에 있던 자가 그녀의 등을 가리며

자신을 향해 뒤돌아서는 것을 보았다.

동시에 그자와 자신의 사이에 거대한 얼음의 벽이 일어나는 것을 볼 수 있었다.

벽은 5미터 높이에 두께가 1미터를 넘었으며, 위쪽이 이혁을 향해 둥글게 굽어 있었다.

이혁은 눈썹을 찡그렸다.

얼음의 생성 속도는 1초도 걸리지 않았다. 상식적으로 일어날 수 없는 상황이어서 환상 같았다. 하지만 그의 감각에 잡히는 얼음은 진짜였다.

게다가 얼음은 벽의 형태로만 있는 것이 아니었다.

얼음벽의 표면이 마치 뾰족한 비늘처럼 갈라지는 듯하더니 스스슷 하는 미세한 소음과 함께 이혁을 향해 곤두섰다.

푸슝- 푸슝- 푸슝-

공기를 찢는 날카로운 소리와 함께 이혁의 몸이 수천 개에 달하는 20센티미터 길이의 얼음 송곳으로 뒤덮였다.

그의 눈빛이 강해졌다.

융커의 초상능력은 정신의 힘으로 대기 중에 퍼져 있는 수분을 결정화시킨 후 전투에 이용하는 것에 특화되어 있었다.

그가 만든 것의 강도는 보통 얼음과 비교할 수 없을

만큼 단단해서 특수합금이라 해도 좋을 정도였다.

그런 얼음으로 만든 송곳이라 적중되면 피부가 쇠로 되어 있어도 관통당할 터였다.

엎친 데 덮친 격으로 융커가 만든 아이스월(얼음벽)이 이혁을 막아선 순간, 사키나도 돌아서며 총을 허리춤에 고정시키고 사격 자세를 취했다.

이혁의 추격 속도가 너무 빨라 도주가 불가능하다는 것을 깨달은 두 사람은 싸우는 쪽을 택한 것이다.

이혁의 입가에 비웃음이 떠올랐다.

'착각이 죽음을 부른다는 걸 모르는 자들이군. 쓸 만한 능력이지만 별 볼일 있다고 말할 정도는 되지 못해.'

그가 압도적인 전투 능력을 가진 테드라는 괴물 초상 능력자와 싸운 게 불과 얼마 전이었다.

이혁의 몸이 빛을 흡수하는 듯한 느낌의 반투명한 검은빛으로 둘러싸였다.

흑암천관령과 삼대심공이 극에 이르렀을 때 도달하는 암왕사신류 궁극의 경지인 암왕경은 무공의 전설이라 할 수 있는 기의 보호막, 호신강기를 만들어내는 경지이기도 하다.

호신강기로 몸을 보호한 이혁의 모습은 어둠의 보호를 받는 악마를 연상시켰다.

융커가 믿을 수 없다는 얼굴로 중얼거렸다.

"데빌 쉴드(Devil Shield)!"

따다다다다다당―

수천 개의 얼음 송곳과 호신강기가 충돌하며 귀를 찢을 듯한 소음이 장내를 울렸다.

동시에 사키나가 들고 있는 거대한 무반동총의 총구가 불을 뿜었다.

푸슝!

사이킥 캐논볼이라 불리는 염력탄이 가공할 압력을 품고 이혁의 호신강기와 부딪쳤다.

쾅!

계속된 충돌로 인해 전진하던 이혁의 몸이 움찔했다. 찰나간이지만 연이어 가해진 강력한 충격은 그의 전진을 막은 듯했다.

둘의 얼굴에 기대의 빛이 떠올랐다. 융커는 더욱 집중했고, 사키나는 방아쇠를 한 번 더 당겼다.

스스슷―

푸슝!

두 번째 얼음 송곳의 폭풍과 염력탄이 허공에 떠 있는 이혁을 향해 날아들었다.

그의 입가에 떠올라 있던 비웃음이 더욱 강해졌다.

그는 정지해 있는 듯했지만 그건 착각에 불과했다. 두 번째 얼음 송곳이 일어났을 때 이혁의 몸은 이미 얼음벽

속을 파고들고 있었다.

공간을 이동하는 그의 움직임이 너무 빨라 융커와 사키나는 뒤에 남아 있는 잔상을 그의 실체로 오인해 버린 것이다.

실전에서 그가 처음 펼치는 무영경의 또 다른 경공절기, 이형환위(移形換位)였다.

얼음 송곳의 폭풍은 잔상을 휩쓸었다. 사키나의 염력탄도 정면 궤도를 벗어난 이혁의 측면 허공을 헛되이 꿰뚫었다. 그리고 환상혈조로 얼음벽을 자르며 단숨에 통과한 그가 융커의 앞에 나타났다.

융커의 안색이 시체처럼 허옇게 떴다.

이혁은 아무것도 없던 허공에서 툭 떨어지듯 나타났다.

융커는 멍한 눈으로 이혁의 잔상이 있던 곳과 눈앞의 그를 번갈아 보았다.

그것이 그의 마지막이었다.

스팟!

반투명한 홍광이 지나간 뒤로 몸에서 분리된 융커의 머리가 스르르 굴러떨어지며 핏물이 튀었다.

사키나는 융커가 죽은 뒤에야 이혁의 존재를 알아차렸다.

그녀의 얼굴에 절망의 기색이 떠올랐다.

그녀가 지닌 근거리 전투 능력은 잘 훈련된 보통 사람 정도에 불과했다. 그것으로 데이빗과 얀손, 융커를 단숨에 베어버린 이혁을 상대한다는 건 계란으로 바위를 치는 격이나 다름없었다.

융커를 벤 이혁은 순간의 망설임도 없이 환상혈조를 움직여 사키나의 목을 베려 했다.

그때였다.

"Stop!"

하늘이 무너지듯 듯한 고함 소리가 들리며 이혁을 향해 용암처럼 뜨거운 불길이 쏟아졌다.

불길이 도달하기도 전에 머리카락의 끝이 지글거리며 눌어붙었다. 증발하는 수분들로 인해 사방이 아지랑이로 가득 찼다. 그리고 그 아지랑이들은 가공할 열기로 인해 순식간에 증발되었다.

이혁은 미간을 찡그렸다.

고개를 돌릴 필요도 없었다.

그가 사키나를 베면 저 불길은 그를 휩쓸 터였다. 찰나의 틈은 있었지만 몸을 멀리 빼낼 정도는 되지 못했다.

사키나와 그의 눈이 허공의 한 점에서 마주쳤다.

그는 그녀의 눈에서 희망을 보았다. 사력을 다해 뒤로 물러서는 얼굴에 안도의 기색이 서서히 떠올랐다.

그녀는 불길의 주인이 누군지 아는 듯했다.

이혁은 그런 모습이 마음에 들지 않았다.

자신을 두 번이나 죽이려고 했던 여자였다. 살려두면 늘 신경 쓸 수밖에 없는 원거리 전투 능력자였고.

사키나는 이혁의 눈이 차갑고 강렬한 빛을 발하는 것을 보았다. 그녀의 눈이 찢어질 듯 커지며 입이 떡 벌어졌다.

하늘에서 거대한 불길이 폭포수처럼 쏟아져 이혁의 전신이 불구덩이에 빠진 것처럼 시뻘겋게 달아오르고 있었다.

그런데도 그는 한 걸음도 물러나지 않고 손을 움직였다.

섬뜩한 기운이 사키나의 목으로 밀려들었다.

눈으로 볼 수 없을 정도로 빠른 공격.

사키나는 어이가 없어 비명도 나오지 않았다. 어떤 피해를 입을지 알 수 없는 상태에서도 자신을 죽이고야 말겠다는 이혁의 맹렬한 의지가 느껴지자 치가 떨렸다.

'제노사이더… 지독한……! 이런 자를 적으로 삼다니…….'

환상혈조에 목이 잘려 나간 후에도 감지 못한 그녀의 두 눈은 공허하게 뻥 뚫린 채 허공을 보고 있었다.

"이… 이… 이… 놈!"

고막이 터져나갈 듯한 고함 소리가 사방을 떨어 울렸다.

간발의 차이로 폭포처럼 쏟아지는 용암 공격의 범위를 벗어난 이혁이 인상을 쓰며 소리가 들려온 쪽을 바라보았다.

타는 듯한 붉은 머리에 2미터가 넘는 거대한 체구를 가진 중년의 외국인이 노한 눈으로 그를 보며 걸어오고 있었다.

그의 좌우로 두 명의 남녀가 살기로 번뜩이는 눈을 빛내며 보조를 맞추고 있었다.

이혁은 슬쩍 뒤를 돌아보았다.

그사이 뒤를 따라온 줄리앙이 보였다. 그리고 그의 뒤로 레나와 카를로스, 야마다도 보였다.

에이단만 보이지 않았다. 하지만 몸만 없을 뿐 그의 눈과 목소리는 이 자리에 동료들과 함께하고 있었다.

[켄, 그가 팔츠 레마임 백작입니다. 좌우에 있는 남녀는 그의 휘하에 있는 자 중 가장 강한 슈테판과 엘리이고요. 슈테판은 독을 다루는 능력자이고, 엘리는 리덕션(감속 능력) 능력자입니다. 둘은 함께 있을 때 최강의 힘을 낸다고 알려져 있습니다. 물론, 저들 중 가장 무서운 사람은 팔츠 백작입니다. 방금 전에 겪으신

것처럼 불같은 성질만큼이나 뜨거운 불을 다루는 능력
자지요.]

에이단의 설명을 들은 이혁이 혀를 찼다.

타다 남은 옷이 근육에 눌어붙어 있었다. 팔츠 백작의
공격을 전력을 다해 피했지만 온전히 회피하지 못해 남
은 흔적이었다.

현장에 도착한 팔츠 백작의 얼굴이 터질 것처럼 시뻘
겋게 달아올랐다.

그는 슈테판과 엘리를 데리고 1킬로미터 떨어진 호텔
에 머물고 있었다, 사키나가 갖고 있는 카메라에 의해 전
송되는 현장 화면을 지켜보면서.

이혁의 신병을 확보하기 위해 사키나를 포함, 네 명이
나 되는 능력자를 보낸 터라 일이 잘못 될지도 모른다는
우려는 하지 않았다.

그러나 사키나가 옆 건물에서 날아온 백색의 섬광에
의해 피격당하는 것을 보고 생각을 바꾸지 않을 수 없었
다.

백색의 섬광은 이쪽 세계에서 아주 유명한 여인, 레나
의 공격 수법이었고, 그녀가 개입했다는 건 독수리의 발
톱이 이혁을 적극적으로 지원하고 있다는 것을 뜻하기
때문이었다.

그는 즉시 슈테판과 엘리를 데리고 현장으로 달려왔

다. 가까운 거리였기 때문에 도착하는 데는 5분도 걸리지 않았다.

카메라로 전송된 현장 상황을 팔츠 백작이 보고 있다는 것을 알고 있었기에 사키나와 융커는 이 싸움에서의 승리를 확신했던 것이다.

백작이 자신들을 돕기 위해 즉시 달려오리라는 것을 믿었으니까.

그러나 팔츠 백작이 도착했을 때 상황은 이미 끝나 있었다.

사키나도, 융커도, 그리고 팔츠 백작도 이혁이 얼마나 강한 남자인지 정확하게 알지 못했다.

팔츠 백작의 안색은 참혹하게 일그러져 있었다.

후회는 아무리 빨라도 늦은 것이라는 속담이 있다.

안일했다는 그의 후회는 너무 늦었다.

팔츠 백작은 이혁과의 거리를 10미터까지 좁혔다.

지켜보던 사람들의 얼굴이 긴장으로 딱딱하게 굳었다.

팔츠 백작이 걸음을 멈추지 않았기 때문이었다.

이 자리에서 여유가 느껴지는 건 이혁뿐이었다. 그는 온몸에서 살기를 뿜으며 접근해 오는 팔츠 백작이 마음에 드는 듯 입가에 미소까지 짓고 있었다.

줄리앙은 나직하게 혀를 차며 중얼거렸다.

"하긴, 백작은 이 상황에서 대화하려고 할 사람이 아

니지. 켄은 백작보다도 더 주먹으로 나누는 대화를 선호하는 남자고."

백작의 좌우를 지키던 슈테판과 엘리의 움직임도 바빠졌다. 그들은 무서운 눈으로 이혁을 노려보며 걸음을 옮겼다.

팔츠 백작을 중심으로 슈테판과 엘리는 이혁을 가운데 두고 삼각형을 이루며 그를 포위했다.

그들은 동료를 잃은 슬픔과 분노에 사로잡혀 있었지만 이성을 잃지는 않았다.

자존심이 하늘을 찌를 듯 높은 팔츠 백작조차도 긴장된 기색을 숨기지 못했다.

이혁은 그들과 비슷한 전투력을 가진 동료들을 일방적으로 학살한 자였다.

그런 강자와 흥분한 상태로 싸우는 건 자살행위였다.

그들 사이에 높아져가는 살의를 느끼며 줄리앙 등은 언제든지 전투에 개입할 수 있도록 준비 상태에 돌입했다.

야마다가 고개를 갸웃하며 줄리앙에게 물었다.

"줄리앙, 다른 백작들이 보이지 않는 게 이상한데요?"

그는 날카롭게 빛나는 눈으로 사방을 훑었다.

그들이 있는 곳은 사무실이 밀집되어 있는 지역이어서

퇴근 시간이 지나면 인적이 끊어졌다.

그래서인지 어둠에 잠긴 거리는 쥐새끼 한 마리도 보이지 않았다.

그렇더라도 이 정도의 소란이 계속되고 있는데 기웃거리는 사람 하나 없다는 건 이상했다. 그러나 아무도 그 이유를 궁금해하지 않았다.

어느 쪽이든 이런 환경을 만들기 위해 여러 방면에 걸쳐 신속하게 손을 쓰고 있는 사람들이 있음을 서로 알고 있었기 때문이다.

속된 말로 그들은 싸움의 선수들(?)인 것이다.

야마다의 질문에 줄리앙이 고개를 끄덕이며 말을 받았다.

"우리가 나선 것을 알고 있을 텐데… 팔츠 백작이 우리와 켄을 상대로 필승할 수 있다는 망상을 할 자들도 아닌데 그들이 아직도 모습을 보이지 않는 건 진짜 이상한 일이긴 하다. 그들이 지금 이곳에서 벌어지고 있는 일을 모르고 있다는 것도 말이 안 되고."

독수리의 발톱을 비롯해서 무스펠하임의 수뇌부인 이 공작이 사백작과 무스펠들을 이끌고 한국에 들어왔다는 정보를 모르는 조직은 없는 상태다.

레나가 입을 열었다.

"소문이 사실인 거 같네요."

야마다가 말을 받았다.

"왕녀를 대신해서 무스펠하임을 실질적으로 지배하는 미하일 대공이 오늘내일한다는 거?"

레나는 고개를 끄덕이며 대답했다.

"응, 그 때문에 브린센과 렌부르크 공작이 물밑에서 심각한 권력투쟁 중이라는 정보가 있었잖아."

그때까지 입을 다물고 있던 카를로스가 고개를 갸웃거리며 끼어들었다.

"그럼… 레나, 렌부르크 공작이 팔츠 백작을 버린 거라는 말이야?"

레나가 눈을 빛내며 대답했다.

"그럴 만한 상황 아닌가? 팔츠 백작이 브린센 공작의 최대 지지자라는 건 비밀도 아니잖아. 다른 세 명의 백작 중 둘은 렌부르크 공작을 지지하고 있고, 마지막 한 명도 중립에서 약간 브린센 공작 쪽으로 기운 것일 뿐이지, 그의 사람은 아니고. 만약 팔츠 백작이 이곳에서 쓰러진다면……."

줄리앙이 레나의 말을 받았다.

"렌부르크 공작이 대공의 뒤를 잇겠지. 두 공작이 십여 년에 걸쳐 벌이던 치열한 권력투쟁이 끝나는 거야."

카를로스가 잇새로 웃음소리를 흘리며 결론을 냈다.

"그럼 켄이 무스펠하임의 권력 향배를 쥐고 있는 캐스팅보트가 되는 거로군, 크크크."

농담처럼 주고받고 있었지만 일행의 눈빛은 진지하고 강렬했다.

싸움의 결과가 그들의 예상처럼 흘러간다면 그것이 미치는 여파는 결코 작다고 할 수 없었기 때문이다.

야마다가 작은 목소리로 줄리앙에게 물었다.

"그런데, 우리 켄을 도와야 하는 거 아니야?"

줄리앙 대신 카를로스가 야마다의 어깨를 툭 치며 말을 받았다.

"일단 지켜보자고. 잘하면 켄이 바닥에 구르는, 네가 그렇게 보고 싶어 했던 장면을 볼 수 있을지도 모르니까."

그의 말에 야마다는 소리 내지 않고 큭큭거리며 고개를 끄덕였다.

레나가 그런 두 사람에게 눈을 흘겼다.

그때 줄리앙이 손가락을 들어 입에 댔다.

"쉿, 시작됐다."

모두의 시선이 일제히 현장을 향했다.

팔츠 백작의 양손은 푸른빛과 흰빛이 뒤섞인 투명한 불길에 휩싸여 있었다.

정신력에 의해 만들어진 불길이지만 그 온도는 쇠도

녹일 정도로 높다고 알려져 있었다.

슈테판의 전신에서는 녹색을 띤 아지랑이 같은 기운이 흘러나오고 있었고, 엘리는 특별한 변화가 없었지만 눈빛이 깊고 강렬했다.

그들은 언제든지 손을 쓸 수 있도록 만반의 준비를 마치고 기다리고 있었다.

수많은 전장에서 함께 싸운 경험이 있는 세 사람은 한 몸처럼 호흡이 맞았다.

먼저 움직인 쪽은 이혁이었다.

팔츠 백작이 다가와 거리가 5미터 정도로 좁혀지자 그는 망설임 없이 지면을 박찼다.

동시에 팔츠 백작의 손을 휘감고 있던 청백의 불길이 이글거리는 꼬리를 길게 끌며 그를 맞이했다.

슈테판에게서도 진한 녹색의 안개가 구름처럼 일어나 급격하게 범위를 넓혀갔다.

눈 깜박할 사이에 반경 수십 미터까지 범위를 넓힌 녹색의 안개 속에는 마비 독이 담겨 있었다.

흡입하게 되면 3초도 지나기 전에 온몸이 돌덩이처럼 굳어질 정도로 치명적인 독이었다.

보통의 경우 독과 불은 상극 관계에 있다. 대부분의 독은 불길을 견디지 못하고 타버리기 때문이다.

팔츠 백작과 슈테판만 있었다면 지금도 동일한 상극

관계가 작용했을 것이다. 그러나 엘리가 있었기에 그런 상황은 벌어지지 않았다.

그녀의 리덕션 능력은 적이 움직이는 속도를 떨어뜨린다.

상대의 실력에 따라 영향을 받긴 하지만 아무리 강한 적이라도 회피가 불가능한 게 그녀의 초상능력이었다.

리덕션 능력에 의해 발생한 시간의 차가 팔츠 백작과 슈테판의 공격을 절묘하게 조율하는 역할을 했다.

세 사람이 펼치는 전술은 단순했다. 하지만 그 효과는 말이 필요 없을 정도로 강력했다.

엘리가 상대의 운신 속도를 늦추면(리덕션) 슈테판이 마비 독으로 정지시키고 팔츠 백작이 태워서 재로 만들어 버리는 것이 이 전술의 핵심이었다.

팔츠 백작이 필승을 장담하기 어려운 상대를 만났을 때 펼치는 이 전술은 지금까지 십여 명이 넘는 강적을 제거하는 것으로 그 실효성을 충분히 입증해 왔다.

싸움이 시작되자마자 펼친 그녀의 리덕션(감속) 능력은 이혁에게 온전히 투사되어 있었다.

때문에 그는 전력을 다하고 있음에도 불구하고 평소보다 많이 느려져 있었다.

리덕션에 의해 움직임을 방해받는 상태에서도 이혁은 한 걸음에 팔츠 백작과의 거리를 절반 이상 줄였다.

그것을 보며 심장이 내려앉을 정도로 놀란 엘리의 눈매가 파르르 떨렸다.

리덕션의 방해를 받으며 이리 움직일 수 있는 적을 본 기억이 없기 때문이었다.

슈테판의 마비 독은 아직 이혁에게 도달하지 못했다. 오히려 팔츠 백작의 화염이 먼저 그에게 닿을 것처럼 보였다.

이대로 진행되면 슈테판의 독은 팔츠 백작의 화염에 의해 타버릴 터였다.

그들의 전술에 커다란 구멍이 나려 하고 있었다.

으드득.

이를 악문 엘리의 입술 사이로 가는 핏물이 흐르며 미인 소리를 듣는 얼굴 전체에 굵은 힘줄이 지렁이처럼 불거졌다.

이혁의 이마에도 푸른 힘줄이 돋아났다.

암왕경을 극성으로 펼치고 있는데도 온몸은 쇠사슬에 칭칭 묶인 채 천근추를 펼치고 있기라도 한 것처럼 거북했다.

앞에는 철벽이 막고 있는 것 같았고, 뒤에서는 헤라클레스가 몸에 감긴 쇠사슬을 잡아당기는 듯했다.

그럼에도 그의 전진 속도는 그리 많이 둔해지지 않았다. 리덕션에 잘 대항하고 있는 듯했다. 하지만 그건 겉으로 보이는 모습일 뿐이었다.

지금 그의 내력은 미친 듯이 소모되고 있었다. 1센티를 전진하기 위해 그가 사용하고 있는 공력의 양은 막대했다.

이혁은 이런 상태로 가다간 1분도 지나지 않아 탈진해서 늘어질 거라는 걸 깨달았다.

그의 시선이 흘깃 엘리를 향했다.

얼음처럼 차갑고 굶주린 호랑이처럼 사납지만 정제된 살기로 가득한 눈이었다.

그와 눈이 마주친 엘리의 몸 전체에 굵은 왕 소름이 돋아났다. 하지만 그것은 찰나에 불과했고 팔츠 백작을 향한 이혁의 전진은 한순간도 멈춤이 없었다.

충돌의 순간.

지켜보던 사람들의 입이 떡 벌어졌다. 그들 중 야마다는 눈을 크게 뜨며 기묘한 신음까지 흘렸다.

"혁……!"

물론, 안색이 변할 정도로 당황한 사람은 팔츠 백작이었다.

그는 자신을 향해 달려오는 이혁을 정면으로 맞이하는 중이었다. 엘리의 방해에도 불구하고 놀라운 전진 속도를 보여준 이혁이 손을 뻗으면 닿을 곳에 도달해 있었다.

회심의 전술이 완벽하게 작동하지 않은 것은 아쉬웠지만 이혁의 몸을 화염으로 녹여 버리면 아쉬움 따위는 흔적도 없이 사라질 터였다. 그러나 그가 기대했던 충돌은 일어나지 않았다.

충돌을 예감하던 찰나, 이혁이 방향을 확 바꿨던 것이다. 그 전환의 과감함과 신속함은 팔츠 백작이 한 번도 본 적이 없을 만큼 급작스러운 것이었다.

이혁에게 접근하던 슈테판의 독은 거리가 멀어졌고, 팔츠 백작의 화염 공격은 간발의 차로 이혁의 어깨를 스치며 허공을 때렸다.

팔츠 백작의 안색이 놀람으로 굳어졌다. 그러나 그보다 더 놀란 사람이 있었다.

엘리였다.

이혁이 방향을 바꾸자마자 가공할 속도로 달려든 상대가 바로 그녀였기 때문이다.

그는 슈테판에게는 눈길조차 주지 않았다.

다른 사람에게는 위협적일지 몰라도 암왕경을 완성하며 만독불침에 가까운 경지에 이른 그에게 독은 어떤 해도 입힐 수 없었다.

엘리와 이혁과의 거리는 불과 5, 6미터가량.

앙다문 그녀의 입술 사이로 흘러나오는 피의 양이 많아졌다.

우지직— 우지직—

한계를 넘어선 정신의 집중으로 인해 그녀의 온몸 관절과 근육이 비명을 지르며 뒤틀리고 있었다.

강도가 배는 더 세진 듯한 리덕션 능력에 대항하는 이혁의 전신 근육도 터질 듯 부풀어 올랐다.

엘리는 전력을 다했지만 그의 전진 속도를 조금 더 늦추었을 뿐 정지시키는 데는 실패했다.

그녀는 뛰어난 초상능력자였다. 그러나 이혁의 암왕경을 제압할 수 있을 정도는 되지 못했다.

숨 한 번 몰아쉴 사이에 엘리의 코앞까지 접근한 이혁을 본 팔츠 백작과 슈테판의 얼굴이 다급함과 분노로 크게 일그러졌다.

팔츠 백작의 양팔이 타는 듯한 붉은 빛으로 물드는가 싶더니 축구공만 한 화염구 두 개로 변해 이혁을 향해 날아갔다.

불의 꼬리를 길게 달고 허공을 가르는 화염구가 등장하자마자 거리를 두고 있던 줄리앙 일행이 있는 곳까지 살이 익을 듯한 열기가 뻗어왔다.

무시무시한 열을 이기지 못한 대기가 미친 듯이 끓어 올랐다.

찰나간 공간을 접으며 다가서는 화염구를 느낀 이혁의 미간이 좁아졌다.

그의 두 눈이 강렬한 빛을 발했다.

리덕선에 의해 방해받고 있는 지금의 움직임으로 팔츠 백작의 공격을 피하며 엘리를 제거하는 건 무리였다.

상식적으로 이런 상황에서 안전을 위해서는 피하는 것이 옳은 판단이었다.

'…하지만 그렇게 되면 싸움이 길어진다. 금강결에 흡룡와류폭이라면… 너무 뜨거워서 위험하긴 하겠지만… 해보자. 내 살을 조금이라도 줘야 적의 뼈를 깎지. 그래야 적도 덜 억울하지 않겠냐.'

마음을 정한 이혁의 오른손이 가공할 속도로 엘리의 목을 베어갔다. 그의 손끝에서 환상혈조가 반투명한 홍광을 뿌렸다.

엘리의 안색이 하얗게 변하며 눈에 절망의 기색이 떠올랐다. 이혁의 공세는 피할 엄두조차 나지 않는 속도를 갖고 있었다. 그래도 포기할 수는 없었다.

엘리는 사력을 다해 상체를 뒤로 활처럼 굽혔다. 지금의 공격을 피할 수만 있다면 팔츠 백작과 슈테판이 그녀를 구하기 위해 방법을 찾아낼 터였다.

"이놈!"

팔츠 백작의 입에서 노여움에 찬 호통이 터져 나왔지만 이혁은 신경도 쓰지 않았다.

슈와악!

번개 같은 속도로 허공을 가로지른 두 개의 화염구가 이혁의 어깨 측면으로 날아들었다.

스팟!

이혁의 환상혈조가 허리를 뒤로 구부리는 엘리의 얼굴을 횡으로 갈랐다.

부릅뜬 눈 아래가 두 쪽이 나며 피로 뒤범벅된 뼈와 살이 드러난 엘리의 시신이 뒤로 쓰러졌다.

쾅!

그리고 대로한 팔츠 백작의 화염구가 이혁의 어깨와 허리를 강타했다.

그의 몸이 종이로 만든 인형처럼 힘없이 튕겨 나갔다.

지켜보던 레나가 자신도 모르게 두 주먹을 꼭 움켜쥐었다.

그녀의 마음이 어떤지 보여주려는 듯 어느새 나타난 성스러운 백색의 섬광이 티 하나 없이 고운 손을 감싸며 이글거렸다.

줄리앙이 금방이라도 손을 쓸 듯한 그녀의 어깨를 잡았다.

흘깃 돌아보는 레나와 눈이 마주친 '그가 희미한 미소와 함께 고개를 저었다. 그리고 턱짓으로 싸움터를 가리켰다.

고개를 돌린 그녀의 눈이 커졌다.

싸움터에는 방금 전에 본 것과는 완전히 다른 상황이 펼쳐지고 있었다.

이혁이 멀리 튕겨 나가는 것으로 보였던 건 엘리가 죽은 후 본래의 속도를 회복한 그의 움직임이 너무 빨라진 탓이었다.

일종의 착시 현상이었던 것이다.

그는 단지 허공에서 세 걸음 정도를 미끄러지듯 물러났을 뿐이었다, 그것도 팔츠 백작의 공세에 휘말려서가 아니라 본인의 의지에 의해서.

타격을 당하던 순간, 그는 천강귀원공의 금강결로 몸의 외부를 보호했다.

동시에 혈우팔법 중 하나인 흡룡와의 기법으로 어깨를 노리던 팔츠 백작의 화염구를 휘감아 그 방향을 바꿔 가슴의 앞뒤로 흘려보냈다.

마치 타격당하는 것처럼 보였던 그 순간에 화염구는 그의 몸을 앞뒤로 스치며 허공 속으로 사라졌다.

이혁의 상의가 고운 재로 변해 사라지며 강철로 빚은 듯한 상체가 드러났다.

드러난 그의 피부는 잘 익은 고깃덩이처럼 검붉게 달아올라 있었다. 하지만 그뿐이었다.

그는 쓰러지지 않았다. 달아올랐던 피부도 빠르게 제

색을 되찾아갔다.

변화는 그것으로 그치지 않았다.

물러나며 허공에서 몸의 방향을 바꾼 그는 탄환처럼 팔츠 백작에게 쇄도하고 있었다.

그의 두 손끝에서 늘 그렇듯이 요기가 느껴지는 환상 혈조가 반투명한 홍광을 뿌렸다.

이혁의 공세를 보는 팔츠 백작의 눈동자가 세차게 흔들렸다.

숱한 강적과 싸웠던 그였지만 이혁과 같은 적은 처음이었다.

전투 능력은 둘째 문제였다.

팔츠 백작은 어떤 상황에서도 흔들리지 않는 이혁의 눈동자가 더 부담스러웠다.

강렬한 눈에서 느껴지는 결연한 의지와 끝없는 투쟁심, 그리고 소름 끼치는 살기와 어떤 난관 앞에서도 무너질 것 같지 않은 단단한 기백.

그에게는 너무나도 낯선 감정, 두려움까지 느끼게 만드는 눈동자를 이혁은 갖고 있었다.

'아아… 브린센 공작님!'

무언가를 예감한 듯 팔츠 백작은 생애를 통틀어 유일하게 존경했던 사람의 이름을 되뇌었다.

동시에 그의 온몸에서 시뻘건 화염이 스멀스멀 새어

나오더니 화산이 폭발하듯 단숨에 거대한 불길로 변했다.

불길에 휩싸인 주변의 흙과 돌이 지글지글거리는 소리와 함께 녹아들었다.

주변은 용암의 늪처럼 변해갔다. 하지만 팔츠 백작은 그곳에 빠지지 않고 끓어오르는 표면을 밟고 둥둥 떴다.

불에 연관된 모든 것은 그의 의지에 지배되고 있기 때문에 벌어지는 현상이었다.

지독한 열 때문에 대기 중에 포함되어 있던 수분이 수증기로 변해 안개처럼 사방을 휩쌌다.

그게 전부는 아니었다.

녹색을 띤 아지랑이 같은 기운이 실뱀처럼 안개 속을 헤집으며 바닥에 은밀하게 깔렸다.

팔츠 백작은 자신의 무시무시한 기세와 안개가 그 녹색의 기운을 완벽하게 은폐시켰다고 믿었다. 그러나 그것은 희망사항에 불과했다.

안개를 뚫으며 전진하던 이혁의 눈가에 희미한 비웃음이 떠올랐다.

슈테판처럼 독을 사용하는 자는 그에게 전혀 위협이 되지 못한다.

그는 거리를 두고 자신을 지켜보는 슈테판을 힐긋 보

며 손가락을 퉁겼다.

작은 동전만 한 크기의 돌조각이 그의 손을 떠났다.

일말의 기대를 담고 자신이 펼친 독 안개를 바라보던 슈테판의 얼굴에 어리둥절한 기색이 떠올랐다.

어떤 명령도 내리지 않았는데 독 안개가 흐릿해지며 빠르게 사라지고 있었다.

그의 의지에 의해서만 움직일 수 있는 안개였다.

있을 수 없는 일이 벌어지고 있었다. 그러나 그는 더 이상 생각을 잇지 못했다.

퍼석!

슈테판의 눈썹 사이를 뚫고 들어간 작은 돌조각은 뇌를 가로질러 뒤통수로 빠져나왔다. 그러고서도 힘이 남아 수십 미터를 더 날아간 후 땅에 떨어졌다.

혈우팔법에 속한 절대적인 암기술 혈우호접몽이 중원 무림에 비전된다는 탄지신통과 비슷한 형태로 시전된 것이다.

머리에 구멍이 뚫렸는데도 살 수 있을 리 없었다.

숨이 끊어진 슈테판의 몸이 흐물거리며 그 자리에 주저앉더니 구겨지듯 쓰러졌다.

팔츠 백작은 이혁의 손가락이 슈테판을 향해 미약하게 퉁겨졌을 때 그의 목숨이 위태롭다는 것을 즉시 알아차렸다. 하지만 그가 도울 틈은 없었다.

같은 순간, 그 또한 이혁의 공세에 휘말리고 있었기 때문이다.

팔츠 백작의 별명이 된 파이어 드래곤 형상의 불길, 그가 염화(炎火)라고 부르는 그것은 그가 지닌 능력의 근원이었다.

이 힘은 그만큼 강력하고 위험했다, 적에게는 물론이고 그 자신에게도.

불길은 눈의 착각이나 실체가 없는 환영이 아니었다.

그것은 강철보다도 단단한 방어벽이면서 닿는 것은 무엇이든 녹여 버리는 용광로였다.

팔츠 백작과 이혁 사이에는 몇 미터의 공간이 있었다. 그곳을 거대한 불길이 채웠다.

불의 방벽이었다. 그러나 이혁에게 그것은 별다른 장애가 되지 않았다.

그에게는 공간을 격해 상대를 타격할 수 있는 절기가 있었으니까.

이혁이 접근함에 따라 위기를 느낀 거대한 불길이 전설 속의 파이어 드래곤처럼 미친 듯이 꿈틀거렸다.

강대한 힘을 담은 끔찍한 열기가 사방 3십여 미터를 불의 지옥으로 만들었다.

이혁은 암왕경을 전력으로 펼쳤다.

몸의 내외부가 호신강기라 불리는 강력한 기의 보호막

으로 둘러싸였다.

그런데도 금방이라도 몸이 타서 재가 되어버릴 듯한 열기에 얼굴을 일그러뜨려야 했다.

이혁은 이를 악물며 공력을 끌어 올렸다. 그리고 구겁천뢰탄을 펼쳤다.

구겁천뢰탄은 공간 이동을 하기라도 한 것처럼 팔츠 백작의 몸을 둘러싼 화염을 건너뛰어 그에게 직격했다.

팔츠 백작의 안색이 눈에 보일 정도로 확 변했다.

그가 펼친 염화(炎火)의 벽이 무너진 기미는 전혀 느낄 수 없었다. 그럼에도 분명 위험한 무언가가 벽 안쪽에서 그를 향해 가공할 속도로 다가서고 있었다.

돌개바람처럼 형성된 불의 기운이 그의 몸을 띄워 뒤로 밀어냈다. 그리고 그가 벗어나며 텅 빈 자리를 활활 타오르는 불길로 가득 채웠다.

이혁의 입매가 비틀렸다.

'좋지. 해봅시다, 거인 양반!'

쾅!

염화의 첫 번째 벽과 일겁의 천뢰탄이 충돌하며 막대한 기의 폭풍을 일으켰다.

기와 불길이 뒤섞인 채 사방으로 날아올랐다. 때 아닌 폭죽놀이가 도시 한복판에서 벌어지고 있었다.

팔츠 백작이 물러나는 속도가 더욱 빨라졌다.

뒤를 쫓는 천뢰탄의 속도도 비례해서 빨라졌다.

쾅쾅쾅쾅쾅!

와장창창창창창!

와르르! 와르르!

연속적으로 터져 나오는 거대한 폭음과 기파에 휘말린 건물의 유리창이 산산조각으로 깨져 지면으로 떨어졌다. 화려한 불의 폭죽이 도시의 하늘을 뒤덮었다.

쾅!

일곱 번째의 충돌 때 변화가 생겼다.

울컥, 울컥!

팔츠 백작의 안색이 밀랍처럼 창백해지며 그의 입과 코에서 조각난 살점이 뒤섞인 핏물과 함께 뿜어져 나온 것이다.

피는 붉지 않고 검은색에 가까웠다. 내부 장기들이 제 기능을 잃어가고 있다는 증거였다.

팔츠 백작의 부릅뜬 눈꼬리가 길게 찢어지며 붉은 핏물이 흘렀다.

"크으으으… 이런 개 같은!"

짐승의 으르렁거림과도 같은 신음이 입술 사이로 새어 나왔다.

첫 번째 충돌에서 염화의 벽에 대한 믿음 때문에 공격

타이밍을 잡지 못하고 일보 후퇴했던 그는 계속해서 수세에 몰렸다.

이혁이 공세로 전환할 수 있는 틈을 전혀 내주지 않았기 때문이었다. 그렇게 몇 번 수세에 몰린 것뿐인데 이미 몸 상태는 끝을 향해 치달리고 있었다.

어처구니없을 정도로 빠른 싸움이었다.

팔츠 백작은 가슴이 터질 듯한 분노에 휩싸였다.

빛의 고리와의 그 처절했던 싸움 속에서도 이런 곤경에 처했던 적은 없었다.

더구나 상대는 백인 우월주의자인 그가 발가락의 때보다도 더 무가치하게 여기는 동양인. 그것도 어느 정도 나이가 있는 장년도 아닌 젖내가 갓 가신 새파란 청년이었다.

자존심 강한 그가 견디기 쉽지 않은 상황이었다.

열패감과 분노로 이글거리는 그의 눈이 이혁의 눈과 허공의 한 점에서 마주쳤다.

그는 차가운 얼음물을 한 양동이 뒤집어쓴 것처럼 정신이 번쩍 들었다.

이혁의 눈은 무심하게 가라앉아 있어 속을 알 수 없었다. 바다처럼 깊었고, 만년설처럼 차갑고 냉정했다.

승세를 타고 있는 자의, 여유를 만끽하고 있는 자의 눈빛이 아니었다.

팔츠 백작은 자신의 적이 진정한 맹수임을 인정할 수밖에 없었다.

눈앞의 냉혹한 맹수는 자신의 숨통을 끊어놔야지만 만족하며 손을 멈출 자였다.

그렇다고 두려움을 느낄 그가 아니었다.

'나는 파이어 드래곤 팔츠다. 쉽게 포기할 줄 아느냐!'

그 순간, 여덟 번째의 천뢰탄이 가공할 기세로 그를 덮쳤다.

팔츠 백작은 정신력을 바닥까지 긁어모았다.

파이어 드래곤이 온몸을 뒤틀며 백작의 몸을 감쌌다. 그리고 두 손과 꼬리로 이혁의 몸을 후려쳤다.

'힘을 남겨 무엇하랴. 이 싸움에 지면 모든 것이 끝인 것을!'

마음을 비운 팔츠 백작은 한줌의 여력조차 남기지 않았다. 발악과도 같은 최후의 공세였다.

이혁의 안색이 신중해졌다.

한순간의 승기로 여기까지 왔지만 팔츠 백작은 만만하게 여길 수 없는 강자였다.

집중해야 했다.

방심하면 전황은 찰나간에 뒤집힐 수도 있었다.

단전에서 일어난 암왕경의 기운이 팔겁과 구겁의 구결

을 따라 천뢰탄을 만들어냈다.

격산타우의 원리를 충실히 따르는 천뢰탄의 공세가 팔츠 백작을 보호하는 염화의 벽을 건너뛰었다.

이전처럼 팔츠 백작은 뒤로 물러나며 빈자리를 또 다른 불길로 채웠고, 천뢰탄은 그것을 가공할 기세로 때렸다.

쾅!

여기까지는 이전과 같은 패턴이었다.

변화는 그다음에 일어났다.

팔츠 백작의 사력을 다한 파이어 드래곤의 손과 꼬리 공세가 이혁의 몸을 후려쳐 갈 때, 염화의 벽 내부에서 또 다른 폭발이 일어났던 것이다.

이전과 다르게 여덟 번째의 천뢰탄과 아홉 번째의 천뢰탄은 거의 동시에 팔츠 백작을 쳤다.

여덟 번이나 반복된 일정한 공격 패턴에 적응되어 있던 팔츠 백작은 다음 공격이 있기 전에 파이어 드래곤의 손과 꼬리로 이혁을 공격하려 했다.

그런데 아홉 번째의 천뢰탄이 그가 공격하며 일순간 드러난 허를 그대로 때려 버린 것이다.

관성의 법칙을 노린 이혁의 한수였다. 그리고 그것은 치명적인 결과를 불러일으켰다.

쿠콰쾅!

"으아악!"

처절한 비명과 거센 폭발음이 함께 울렸다.

팔츠 백작의 가슴에서 폭발한 천뢰탄의 파괴력은 파이어 드래곤과 그의 몸을 동시에 터트려 버렸다.

자신이 사랑하는 염화 속에서 백작의 시신은 흔적도 없이 녹아버렸다.

거리에 침묵이… 내려앉았다.

제5장

휘이이익─

누군가의 입에서 흘러나온 날카로운 휘파람 소리가 거리의 정적을 깨트렸다.

사람들의 시선이 야마다를 향했다, 휘파람을 분 사람이 그였으니까.

그는 어깨를 으쓱하며 입을 열었다.

"이 정도로 굉장한 전투를 볼 것이라고는 생각도 못했거든. 살아생전에 또 볼 수 있을지 의심스러울 지경이라 켄에게 감사라도 하고 싶은 마음이야."

줄리앙이 혀를 찼다.

"진심인 건 알겠는데 한가롭게 그런 말이나 하고 있을 때가 아닐세. 소란의 정도가 에이단과 제이슨이 틀어막을 수 있는 수준을 벗어났어. 빨리 이 자리를 떠야 하네. 사람들의 눈에 띄면 여러 모로 귀찮아질 걸세."

에이단이 지닌 두 가지 능력 중 하나인 광역 탐지에는 일정 범위 내에서 일루션(환각, 환청)을 펼칠 수 있는 능력이 포함되어 있다.

이 덕분에 지금까지 독수리의 발톱 요원의 전투를 목격한 일반인은 거의 없다시피 했다. 그리고 오늘 이 자리에서도 에이단의 능력은 빛을 발하고 있었다.

어느새 이혁에게 다가가 그의 팔에 팔짱을 낀 레나가 걱정스런 얼굴로 그를 올려다보며 물었다.

"괜찮아?"

이혁은 이를 드러내며 웃었다.

"간만에 힘 좀 썼더니 뻐근하긴 하네, 흐흐흐."

그의 드러난 이는 피에 붉게 젖어 있었다.

레나가 눈을 흘기며 말했다.

"드라큘라 같애."

자신의 몰골이 어떤지 대충 짐작한 이혁이 혀로 윗니를 한 번 슥 훑고는 피식 웃으며 말을 받았다.

"매력적이라는 거지?"

레나가 한숨을 내쉬었다.

"처음 만났을 때는 안 그랬는데 언제부터 이렇게 능글 맞아진 걸까?"

말을 하며 그녀는 이혁의 벌거벗은 상체를 주의 깊게 살폈다.

구릿빛을 띠는 그의 피부는 평소의 그것과 같았다. 끔찍할 정도로 뜨겁게 달아올랐던 흔적은 남아 있지 않았다.

팔츠 백작과 그의 정예들을 제거하며 그가 얻은 상처는 반나절 요양하면 나을 내상뿐이었다.

직접 본 줄리앙 일행조차도 쉽게 믿지 못할 만큼 파격적인 결과였다.

줄리앙이 다가와 겉옷을 벗어 이혁의 상체를 덮어주었다.

"켄, 일단 이 자리를 피하세."

이혁은 고개를 끄덕였다.

언제 나타났는지 회색의 작업복을 입은 사람들이 시신을 비롯한 싸움의 흔적을 빠르게 지워가고 있었다.

"가죠."

이혁은 걸음을 옮겼다.

발길이 가벼웠다.

본래의 목적은 싸이킥 스나이퍼인 나탈리아 사키나를 잡는 것이었다. 그런데 팔츠 백작을 비롯한 전투 능력자

여러 명을 제거했다.

예상보다 큰 대어를 낚은 것이다.

* * *

같은 시각.

서울 강남 최고급 호텔의 스위트룸.

커튼이 열린 창밖으로 보이는 밤하늘엔 구름 한 점도 보이지 않았다.

새벽이 가까워지며 골목 곳곳에 하나둘 불이 켜지고 있었다.

동양의 작은 나라 수도가 조금씩 빛과 활력을 되찾아 가고 있는 장면은 지켜보는 사람에게 색다른 감흥을 불러일으켰다. 불행하게도 좋은 쪽의 감흥은 아니었지만.

"하… 하하하… 하…….."

거실의 의자에 앉아 창밖을 바라보던 에릭 브린센 공작의 입술 사이로 복잡 미묘한 감상이 실린 웃음소리가 흘러나왔다.

허탈함과 비통함, 슬픔과 분노.

뒤에 공손한 자세로 서 있던 안드레아스의 눈이 습막에 젖으며 흐려졌다.

그는 눈물이 그렁그렁한 노안으로 공작을 보다가 마침

내 참지 못하고 고개를 숙였다. 단정한 감색 슈트에 씨인 그의 어깨가 가늘게 떨렸다.

에릭은 깊게 숨을 들이마신 후 시선을 내렸다.

맞은편에 허리를 꼿꼿이 세운 채 두 눈을 감고 앉아 있는 오십 대 중반의 남자가 보였다.

그는 단정하게 빗어 넘긴 반백의 금발 아래 고집스럽게 느껴지는 각이 진 푸른 눈과 날카로운 매부리코, 얇은 입술을 갖고 있었다.

쉽게 접근하기 어려운 인상을 가진 인물이었다.

에릭은 검지 손가락으로 자신의 앞에 놓인 커피 잔의 손잡이를 어루만지며 사내를 불렀다.

"요한."

이름을 불린 오십 대 남자가 눈을 떴다.

그는 에릭 브린센 공작과 함께 무스펠하임의 실권을 양분하고 있는 요하네스 렌부르크 공작이었다.

요한은 그의 애칭이다.

그의 얇은 입술이 열렸다.

"말하게."

에릭은 커피 잔 손잡이에 손가락을 걸어 천천히 들어 올리며 말했다.

"꼭 이렇게까지 해야 했나."

요하네스의 눈매가 가늘어지며 푸른 눈이 얼음처럼 차

가운 빛을 뿌렸다.

"필요했네."

"필요라……."

에릭의 중얼거림에 요한은 고개를 끄덕이며 말을 받았다.

"자네의 존재는 조직 내부의 소모적인 전쟁을 불러일으키는 기폭제가 될 게 뻔하네. 주변 정세가 급변하고 강력한 세력이 베일을 벗고 세상에 나오고 있는 이런 시점에 내부의 권력투쟁은 조직의 존망을 위태롭게 하는 일일세."

그의 짧막한 설명에 에릭의 안색이 굳어졌다.

"왜 자네가 벌써 그런 걱정을 하는가? 대공께서 계시네. 건강에 문제가 있으시긴 해도 아직 그분이 건재하신데 무엇 때문에 내가 자네와 권력투쟁을 한단 말인……."

점점 언성을 높이던 에릭의 안색이 변했다.

그는 잠시 말을 멈추고 요한의 얼굴을 뚫어져라 쳐다보았다. 다시 말을 잇는 그의 입술이 파르르 떨렸다.

"설마… 대공께서……?"

요한은 냉혹한 얼굴로 대답했다.

"자네의 짐작대로일세. 한 시간 전 대공께서 영면에 드셨네."

"아아… 대공……."

에릭의 얼굴이 깊은 슬픔에 젖어들었다. 커피 잔을 탁자에 내려놓는 그의 손이 눈에 보일 정도로 떨리고 있었다.

에릭도 자신이 어떤 상태인지 알아차린 듯 씁쓸한 표정으로 손을 거두어 허벅지 위에 올려놓았다.

대공이 사망한 지 한 시간이 지나도록 공식적으로 그에게 아무런 통지도 전해지지 않았다.

그리고 대공 주변 인물 중 어느 누구도 그에게 사적으로 연락해 준 사람도 없었다.

이것이 의미하는 바는 분명했다.

그는 권력의 핵심에서 완전히 배제된 것이다.

한순간 텅 비어버린 눈이 된 그가 말했다.

"나는 자네가 내 진심을 알아줄 거라고 믿었네. 왕녀를 지키고 조직을 번영케 하는 것 외에 아무런 사심이 없는 내 마음을. 내가 권력에 대한 욕심이 없다는 것을 자네도 알고 있다고 믿었는데……."

요한이 여전히 냉혹한 얼굴로 말을 받았다.

"알고 있네, 자네가 무스펠하임의 권력에 욕심이 없다는 것을."

에릭은 멍한 눈으로 되물었다.

"그런데 왜 이런 짓을?"

"자네는 권력욕이 없을지 몰라도 다른 사람들은 그렇게 생각하지 않을 테니까."

에릭의 얼굴에 참담한 기색이 떠올랐다.

그와 요한은 한동네에서 자란 동갑내기 친구였다.

미하일 블라디미르라는 거인의 눈에 띄어 능력자의 길에 들어선 후에도 그들은 선의의 경쟁을 하며 지금의 무스펠하임을 키워냈다.

두 사람의 개성은 극단적일 정도로 달랐다. 이상도, 실천 방법도 좁힐 수 없을 정도로 견해 차이가 컸다. 하지만 그들은 눈빛만 보아도 서로의 마음을 알 수 있었다.

동양식 표현으로 지기(知己)라는 말이 결코 어색하지 않은 사람들이었다.

요한이 말을 이었다.

"조직 내에서 자네는 나보다 부하들의 신망이 더 두텁네. 그리고 전투 능력은 나에게 뒤지지만 조직 관리는 훨씬 뛰어나지. 신뢰와 친화력, 그리고 설득력은 내가 도저히 따라갈 수 없는 부분이고. 내 직속 부하들조차 나보다 자네를 더 믿을 정도니까. 분명 자네는 훌륭한 리더의 자질을 가진 사람이네. 하지만 자네의 자질은 평화 시에 빛을 보는 그런 류의 것일세."

그의 눈에 지금까지 보이지 않았던 빛이 떠올랐다.

그것은 쓸쓸함이었다.

"다가올 난세에 자네는 조직의 리더로 어울리는 사람이 아니야. 오히려 왕녀를 위태롭게 하고 조직을 패망의 길로 이끌 가능성이 커. 그럼에도 부하들은 대공의 자리에 나보다 자네를 더 강하게 추대하고자 할 걸세. 자네가 원치 않는다고 해도 그 일은 필연적으로 일어날 걸세. 그래서 나는 이런 결정을 내릴 수밖에 없었네. 난세의 무스펠하임에 어울리는 리더는 자네가 아니라 바로 나니까."

에릭은 힘없이 웃으며 말했다.

"자네는 어렸을 때부터 독선적이었지. 남의 말에 귀를 기울이지도 않았고, 지금도 마찬가지야. 일어나지도 않은 일을 기정사실처럼 말하고 있지 않나."

손가락의 떨림이 이제는 팔뚝을 넘어 어깨까지 전이되어 있었다. 조금씩 그의 몸 전체가 떨려왔다. 목을 가누고 있기도 힘이 들었다.

그가 물었다.

"이건 무슨 독인가? 내가 알기로 우리가 갖고 있는 물건 중에 이런 효과가 있는 건 없었는데?"

요한은 선선히 대답해 주었다.

"초령주(草靈株)라고 하더군. 동맹의 선물로 앙천의 적천휴에게서 얻은 것일세. 보통 사람에게는 아무런 효과가 없는 물건이지만 초상능력자가 그것을 먹으면 즉시 능력이 봉인되고 15분 내에 사망에 이르게 된다고 하더군. 무공이라는 걸 익힌 그들이 우리 같은 초상능력자를 견제하기 위해 수십 년 동안 연구한 결과물이라네."

에릭은 가만히 자신의 손과 발의 떨림을 지켜보며 말을 받았다.

"초령주라고? 효과는 자네 말대로인 것 같군. 그런데 나도 모르는 사이에 앙천과 동맹까지 맺었나?"

"'슈이치의 자료를 얻을 때까지'라는 조건이 걸린 한시적인 동맹일세. 이 나라에서 기득권을 가진 태양회가 타이요우와 합작할 가능성이 커 보이고, 현인회를 비롯해서 정체가 불분명한 조직들까지 움직이고 있는데, 이곳은 우리에게 낯선 타지일세. 앙천도 비슷하고. 동맹은 서로 힘을 합치는 것이 해보다는 득이 될 것이라는 것에 양측이 동의한 결과라고 할 수 있네."

"나쁘지 않군."

"현명한 자네라면 이 동맹을 흔쾌히 반길 거라는 걸 알고 있었네."

에릭은 더 이상 버티지 못하고 등을 의자에 기대며 말했다.

"피를 보게 될 걸세. 자네를 따르는 판과 바스텐은 몰라도 팔츠는 나의 죽음을 순순히 받아들일 사람이 아니야. 자네에게 무조건 복종할 사람도 아니고. 게다가 크로코프를 설득하는 것도 쉽지는 않을 걸세."

단어 하나를 말하기에도 힘이 벅찬 듯 그의 이마에 굵은 식은땀이 맺히고 있었다.

요한이 고개를 끄덕였다.

"팔츠가 어떤 성격인지 내가 모르겠나? 하지만 염려하지 않아도 되네. 팔츠와 사키나를 비롯해서 자네를 따르던 자들은 저 아래 대전이라는 도시에서 모두 죽었네."

감겨가던 에릭의 두 눈이 찢어질 듯 커졌다.

"그런 말도 안 되는……!"

얼마나 놀랐는지 숨이 끊어질 듯하던 그의 목소리에 강한 힘이 실렸다.

요한은 무표정한 얼굴로 말을 이었다.

"나도 자네를 만나기 바로 전에 보고받은 내용일세. 제노사이더와 독수리의 발톱이 연합했다고 하네. 그렇다 해도 놀라운 결과이긴 하네만… 팔츠와 그의 부하들이 아깝긴 하지만 내겐 오히려 잘된 결과일세. 살아 있어봤자 분란의 씨앗만 되었을 테니. 그들의 복수는 내가 책임지고 해줌세. 노여움은 내려놓고 가시게나. 아참, 크로코프는 대공이 돌아가신 직후 내게 충성을 맹세했네."

최후통첩과도 같은 요한의 말에 에릭은 마지막 버티던 기력까지 모두 잃은 듯 축 늘어졌다.

그의 눈 밑에 검은 기운이 급속도로 번져 갔다.

초점이 흐려지는 눈으로 요한을 보며 에릭이 힘겹게

입을 열었다.

"요한… 자네 마음을 아네."

그의 어투에 실린 묘한 뉘앙스에 기분이 상한 요한은 눈살을 찌푸렸다.

"무슨 소린가?"

"지금까지 한 말… 절반의 진실이라는 거……."

요한의 눈썹이 꿈틀거렸다. 하지만 이미 시력을 거의 잃은 에릭은 그런 요한의 얼굴을 볼 수 없었다.

그가 말을 이었다.

"니콜라이 때문이라는 것을 알아. 그래서 자네를 원망하지 않네. 아이 없는 내가 아들을 최고의 자리로 올리고 싶어 하는 자네 마음을 전부 다 이해하는 건 무리일 테지만, 아주 모르지는 않아… 후욱… 후욱……."

에릭의 숨이 가빠졌다.

"여기까지 왔으면 자네가 꾼 꿈이 그저 헛된 것이 아니라는 걸 보여주게. 니콜라이를 왕녀의 남자로… 그리고 무스펠하임이 홀로 군림하는 세상을 만들게. 그리고 불사의 완성을… 그렇게만 해준다면 나는 저세상에서라도 웃을 수 있네……."

숨소리가 사라졌다.

생명의 기운이 사라진 에릭은 텅 빈 눈으로 천장을 보며 천천히 굳어가고 있었다.

요하네스 렌부르크 공작은 입술을 깨물었다. 그는 깊게 숨을 들이마시며 눈을 감았다 떴다.

차가운 빛을 띤 푸른 눈이 무심하게 빛났다.

자리에서 일어난 그는 손바닥으로 에릭의 눈을 감겨주며 안드레아스에게 말했다.

"최고의 예우로 모시게. 그는 이 세상에 단 하나뿐인 내 친구였네."

"예, 대공."

등을 돌린 그를 향해 안드레아스가 눈물을 흘리며 허리를 숙였다.

유럽의 어둠을 장악한 거대 조직 무스펠하임에 미하일 블라디미르의 시대가 가고 냉혈의 마인이라 불리는 요하네스 렌부르크의 시대가 왔음을 알리는 한마디였다.

*   *   *

아침 8시경.

서울 용산구 이태원의 오피스텔이 밀집된 거리.

15층 높이의 오피스텔 9층 창가에 사람을 닮은(?) 형상이 어른거렸다.

창에 달라붙어 있는 남자는 삼십 대 중반의 나이에 180센티미터가 조금 못 미치는 키와 150킬로가 훌쩍 넘는 몸무게를 가진, 보기 드문 체형의 소유자였다.

게다가 그는 피부가 하얗고 들어간 곳 하나 없이 통통해서 언뜻 보면 터질 듯 부푼 하얀 풍선을 연상시켰다. 물론 그를 아는 사람들은 '백돼지'라고들 부르지만.

'백돼지' 제라드는 바깥 세상을 처음 본 어린아이처럼 창밖으로 보이는 풍경에 정신을 온통 빼앗기고 있었다.

출근 시간이라 거리에는 바쁘게 걷는 사람들로 북적거렸다.

"이야, 지구 어디에 처박혀 있는지 찾기도 어려운 작은 나라에 웬 백인이 저렇게 많아! 볼수록 신기하네!"

한쪽 구석에 어지럽게 설치된 컴퓨터 설비를 만지던 테일러가 제라드를 보며 한심하다는 표정으로 혀를 끌끌 찼다.

"철 좀 들어라, 제라드. 어떻게 거의 20년이나 연하인 리마보다도 더 애 같을 수가 있냐."

테일러의 말에도 아랑곳하지 않고 창밖을 두리번거리는 제라드를 본 리마가 소리를 죽이고 큭큭거리며 웃었다.

그녀는 침대에 걸터앉아 죽 펼쳐 놓은 소총과 권총, 단검류의 무기를 정성스럽게 분해해서 청소하는 중이었다.

자신이 전투에서 즐겨 사용하는 ash-12.7 돌격 소총의 총열을 기름천으로 닦으며 그녀가 입을 열었다.

"제라드, 보스 있는 곳에서 그런 말 하지 말아요. 이 나라에 크게 애착을 가지신 것처럼 보이지는 않아도 보스의 고향이잖아요. 그리고 땅 크기는 별 볼일 없지만 경제 규모는 세계 10위인가 11위인가 한다니까 우습게 생각할 나라는 아니에요."

제라드가 고개를 돌려 리마를 보며 말을 받았다.

"우와! 리마가 웬일이지? 적의 목뼈를 부러뜨리거나 머리에 총알을 쑤셔 넣는 것 외에는 아무것도 관심이 없는 네가 그런 걸 다 알고! 보스의 고향이라고 이것저것 조사한 모양이지?"

리마는 피식 웃었다.

"제라드, 놀리지 말아요. 인터넷에 코리아라는 단어 하나만 쳐도 전부 나오는 내용이잖아요."

"뭐 그렇긴 하지만, 흐흐흐."

제라드는 낮게 웃으며 다시 고개를 돌려 거리를 내려다보았다.

"확실히 동양 여자들이 작고 예뻐. 피부도 탐스럽고, 새까만 눈을 보면 몸이 녹는 기분이 든다니까."

그는 몸을 비비 꼬기까지 했다.

더는 못 참겠는지 테일러가 옆에 있던 책 한 권을 집어 들더니 제라드의 뒤통수를 겨냥하고 세게 던졌다.

퍽!

"으악! 테일러, 미쳤어요? 왜 그래요!"

생각지도 못했던 뒤통수 테러에 질겁한 제라드가 펄쩍 뒤며 돌아보았다.

테일러가 코웃음을 쳤다.

"홋, 미친 건 네놈이지. 지금 보스 주변의 상황이 얼마나 급박하게 돌아가고 있는지 잘 알면서 그런 말이 어떻게 나와! 한 번만 더 쓸데없는 헛소리하면 기필코 네 껍데기를 10센티미터쯤 벗겨주마."

그제야 제라드는 약간 주눅 든 얼굴이 되어 창가에서 떨어졌다. 소파로 걸어가며 그가 들릴 듯 말듯한 목소리로 구시렁거렸다.

"낯선 땅에 온 감상에 좀 들떴다고 어떻게 그처럼 심한 말을 할 수가 있는 겁니까, 껍데기를 벗긴다니… 내가 무슨 돼지도 아닌데……."

그 말을 들었는지 눈이 빨개지도록 모니터를 들여다보고 있던 테일러의 눈썹이 하늘로 곤두섰다.

그는 홱 고개를 돌려 제라드를 보았다.

짜증 게이지가 극한까지 차오른 그의 얼굴을 본 제라드가 굵은 목을 움츠리며 소파에 쪼그려 앉았다.

"알았다구요, 입 다물고 있을 테니까 일하시라구요."

"쥐 죽은 듯 닥치고 있어라, 인내심 테스트하지 말고."

"예……."

자리에서 일어난 리마가 단검 두 자루를 들고 칼날을 요리조리 살펴보며 제라드의 맞은편 소파에 앉았다.

제라드가 테일러를 한번 흘깃 보더니 작은 목소리로 리마에게 물었다.

"무기 청소는 다 끝났어?"

리마는 고개를 끄덕였다.

"예."

"리마, 그럼 우리 잠깐 바람이나 쐬고 오자. 한국은 처음 온 거란 말이야. 보스의 고향인데 어떤 나라인지 조금이라도 봐두는 게 예의 아니겠어?"

테일러를 흘깃거리며 말을 하는 그의 목소리는 개미 소리처럼 작았다.

리마가 희미한 미소를 지으며 고개를 저었다.

그녀도 목소리를 잔뜩 낮추어 말했다.

"보스의 지시가 있기 전에 움직이면 안 된다는 거 알잖아요. 예의 찾다가 테일러한테 산 채로 매장당할 수도 있다고요."

작은 언덕을 연상시키는 제라드의 두터운 어깨가 힘없이 툭 떨어졌다.

그가 바닥을 내려다보며 웅얼거렸다.

"하… 저 변태 정보 매니아……."

리마는 이를 악물었다.

웃음이 터지려는 걸 억지로 참는 것이라 그녀의 얼굴은 곧 사과처럼 붉어졌다.

둘이 소곤거리는 걸 힐끔 돌아본 테일러가 심드렁한 어투로 말했다.

"백돼지, 다 들린다. 변태라… 진짜 SM 하드하게 한번 찍어볼래?"

"……."

"큭큭큭."

결국 리마는 참지 못하고 낮은 웃음소리를 내고 말았다.

제라드가 입술을 불퉁하게 내밀고 중얼거렸다.

"퍽이나 재밌겠다, 쳇!"

<u>드드드드드</u>.

그때 테일러의 앞 책상 위에 놓여 있던 검은색 핸드폰이 진동했다.

그것을 집어 든 테일러가 제라드와 리마에게 손가락으로 조용하라는 신호를 보낸 후 수신 버튼을 눌렀다.

"접니다, 보스."

[제라드는 말 잘 들어?]

경쾌한 음성의 주인은 이혁이었다.

"우리 중에서 제일 무거운 엉덩이를 가진 놈이 어떻게

된 게 깃털처럼 가볍게 굴어서 주저앉히는 데 애를 먹고 있습니다."

[하하하하하.]

"괜찮으십니까? 대전에서 팔츠 백작 일행과 전투가 있었던 것 같던데요."

[벌써 정보가 들어간 거야?]

"직접 전해 들은 건 없지만 알아내는 건 어렵지 않습니다. 지금 보스와 관련된 일이라면 촉각을 곤두세운 조직이 한둘이 아니니까요. 그들이 흘린 정보가 상당합니다. 떠다니는 속도도 굉장히 빠르고요. 그것들 몇 개만 끼워 맞춰도 원하는 건 충분히 알아낼 수 있습니다."

말은 쉽지만 아무나 할 수 없는 일이다. 그리고 이혁도 그걸 잘 알고 있었다.

[능력자 맞구만. 후후후.]

"이제 저희가 이곳에서 무엇을 해야 하는지 말씀해 주시죠."

[에이단이 연락할 거야. 내가 알아보라고 한 것 때문에 그가 팀을 꾸렸는데 진척이 잘 안된다고 내게 우는소리를 했어. 그를 도와줘.]

"에이단이 하소연을요?"

[그래.]

테일러의 얼굴이 심각해졌다.

이혁의 팀에서 에이단의 능력을 모르는 사람은 없었다. 그가 힘들어 할 정도의 일이라면 난이도는 말할 필요도 없는 최악일 터였다.

"어떤 일입니까?"

['혈륜'이라는 것에 대해서야. 줄기를 따라가다 보면 뭐가 나올지 알 수 없을 정도로 위험한 일이야. 긴장을 늦추지 말아.]

"보스가 그런 식으로 말하는 건 오랜만에 들어보는군요."

이혁은 테일러의 능력과 자존심을 잘 알기에 오해할 수 있는 용어는 되도록 사용하지 않아 왔다. 그런데 이번 경우는 달랐다. 직접적인 주의였다.

극히 드문 경우다.

이혁이 말했다.

[아차 하면 한 방에 훅 갈 수도 있으니까.]

이 정도의 말까지 들으면 가볍게 여길 수 없게 된다. 테일러의 얼굴도 조금 굳었다.

그가 말했다.

"조심하겠습니다. 제가 더 알아야 할 게 있습니까?"

[막히면 키안을 찾아. 언제든 도와주겠다고 약속했어. 얼마 전에 테드에게서 뭔가 대단한 걸 받은 모양인데 자

신이 넘치더라고. 크게 도움이 될지도 몰라.]

"알겠습니다. 참, 대모님께서 전해 드리라는 말씀이 있었습니다."

테일러가 대모라고 부르는 사람은 멜리사밖에 없다.

[무슨?]

"조만간 찾아갈 사람이 있을 테니 문전박대하지 말라 하셨습니다."

[어째 예감이 귀찮을 거 같은데?]

"그렇게 말씀하실 텐데, 피하면 후환을 감당하지 못하실 거라고도 전하라고 하셨습니다."

[…젠장…….]

"저는 분명히 전해 드렸습니다, 보스."

말을 하던 테일러가 고개를 들었다.

어느새 다가온 리마가 핸드폰을 손가락으로 가리키고 있었다. 그 의미는 명백했다.

테일러가 이혁에게 물었다.

"리마가 옆에 있습니다. 통화하시겠습니까?"

[됐어, 곧 보게 될 텐데 뭘. 그때 식사라도 같이하자구.]

테일러는 쓰게 웃으며 리마에게 고개를 저어 보였다.

그녀는 실망한 표정으로 돌아섰다.

테일러는 그 상심한 등을 손으로 두드려 주며 이혁에

게 말했다.

"알겠습니다, 보스. 괴물들이 우글우글합니다. 조심하십시오."

[내가 걱정하지 않게나 해.]

"예."

테일러는 웃으며 전화를 끊었다.

제라드가 그를 보며 물었다.

"보스가 뭘 알아보라고 했기에 에이단처럼 능력 넘치는 천재가 힘들어 한다는 거죠?"

"몰라. 하지만 곧 알게 되겠지, 연락해 올 거라고 하셨으니까."

한국 속담에 호랑이도 제 말하면 온다고 했다.

똑똑.

방문을 두드리는 소리에 세 사람은 테일러 앞의 모니터를 보았다.

설치된 감시 카메라에 잘생긴 흑인 청년과 그 뒤에 서 있는 서른 살 전후의 남녀 두 명이 보였다.

제라드가 어리둥절한 얼굴로 중얼거렸다.

"에이단은 알겠는데… 뒤의 두 명은 누구지? 테일러는 알아요?"

질문을 받은 테일러의 눈매가 날카로워졌다.

그는 흑인 청년 에이단뿐만 아니라 두 사람의 정체도

알고 있었다.

"브렛 라이언과 헤나 카렐. 전투 초상능력자들이기는 하지만 그쪽으로는 별 볼일 없고 인정받지 못한다. 하지만 다른 방면에서는 세계가 탐을 내는 전문가들이지."

제라드와 리마는 귀를 기울였다.

테일러가 말을 이었다.

"브렛은 기호학과 암호학에 관해선 세계에서 다섯 손가락 안에 드는 천재고, 헤나는 한 번 보면 무엇이든 기억하고 그것을 잊어버리지 않는 완전 기억 능력자야. 둘 다 마스터가 손안의 구슬처럼 귀하게 여겨 밖으로 돌리지 않는다고 알려져 있다."

리마가 말을 받았다.

"그런 자들까지 왔다는 건……."

테일러가 고개를 끄덕였다.

"그래, 보스가 말한 '혈륜'이라는 것이 마스터를 움직일 정도로 중요하다는 뜻이지."

제라드가 빙긋 웃으며 두터운 어깨를 으쓱했다.

"재미있겠는데요! 하여튼 보스를 따라다니면 늘 흥미진진한 일들이 생긴다니까요."

테일러가 고개를 휘휘 저었다.

"간이 큰 건지 바보인 건지… 네가 고양이냐? 목숨이 아홉 개야? 흥미 따라다니다 시체 된다."

그래도 제라드는 웃었다.

"어차피 한 번 사는 인생. 지루하게 살다 가는 것보다는 흥미 따라가는 것도 나쁘지 않다고 생각해요, 테일러."

"그래, 니 팔뚝 굵다. 문이나 열어."

테일러의 말에 제라드는 웃으며 문을 열었다.

환하게 웃는 에이단의 얼굴이 보였다.

그가 말했다.

"또 보는군요, 제라드. 그동안 다이어트에 성공하셨나 봐요. 좀 날씬해진 것처럼 보이는데요?"

제라드는 에이단을 덥썩 끌어안았다.

"너밖에 없다니까!"

따라 들어온 헤나가 문을 닫았다.

화기애애하지만 긴장된 분위기가 방 안에 맴돌았다.

테일러가 손짓으로 에이단 일행에게 자리를 권하며 말했다.

"바로 시작하지, 보스도 마스터도 빠른 결과를 기다리고 계시니까."

에이단도 웃으며 말을 받았다.

"제가 드리고 싶은 말씀이었습니다."

그들은 프로였다.

제6장

"회장님, 기다리시던 손님이 도착하셨습니다."

문지석의 정중한 목소리와 함께 소리 없이 문이 열렸다.

먼지 한 톨 보이지 않는 은회색 슈트를 입은 사십 대 중반 남자가 안으로 들어섰다.

180이 넘어 보이는 장신의 그는 얼굴의 선이 굵고 마주 보기 어려울 정도로 눈빛이 강했다. 박대섭은 문을 열고 들어서는 남자를 보며 느릿하게 자리에서 일어섰다.

가늘게 뜬 그의 눈에 무슨 생각을 하는지 알기 어려운 빛이 떠돌았다.

그가 두 손을 벌려 환영한다는 의사를 표하며 입을 열었다.

"어서 오시오, 타케시 상."

유창한 일본어였다.

후지와라 타케시는 가벼운 목례로 인사하며 말을 받았다.

"거의 15년 만인 것 같습니다, 박 회장님."

특이하게도 그는 영어로 말하고 있었다.

박대섭은 미소를 지으며 고개를 끄덕였다.

"흠, 그쯤 된 것 같구려. 편하게 앉으시오."

타케시는 맞은편 의자에 앉았다.

"변함없이 건강하신 모습을 뵈니 기분이 좋습니다. 세월이 비켜 가기라도 한 것 같군요."

일본어와 영어로 이루어진 독특한 대화였다. 그러나 두 사람 다 그에 대해 왈가왈부하지도, 바꾸려고도 하지 않았다.

박대섭이 너털웃음을 터트리며 말했다.

"하하하, 빈말이라도 그런 말을 들으니 정말 젊어지기라도 한 것처럼 기운이 나는구려. 타케시 상도 신수가 훤하시오."

문지석이 직접 차를 가져와 의례적인 덕담을 나누는 두 사람 앞에 놓았다.

박대섭이 차를 권하며 말했다.

"타케시 상이 온다는 보고를 받고, 이십 대였을 때 중국의 십대명차를 즐겨 마시던 모습이 생각나서 준비했는데… 여전히 차를 좋아하시는가?"

"그럼요. 전보다 더 애착이 심해져서 중독 수준입니다, 하하하."

타케시의 경쾌한 대답에 박대섭은 빙그레 웃으며 말했다.

"얼마 전에 좋은 차를 구한 터에 그런 말을 들으니 더할 나위 없이 반갑구려. 이건 중국의 복건성에서 나는 백아차(白牙茶)요. 갓 나온 새싹으로 만든 거라 구하는데 조금 애를 먹긴 했소만 그럴 만한 가치가 충분할 정도로 맛과 향이 훌륭하오. 드시구려."

타케시도 차에 대해서는 일가견이 있는 인물이라 백아차를 한 모금 마시고 그 맛에 속으로 감탄했다.

한 모금의 차를 입안에 머금고 그 맛을 음미하던 박대섭이 조용히 찻잔을 내려놓았다.

"늦었지만 수고로움을 무릅쓰고 못난 아들을 구해준 것에 대해 고맙다는 말을 하고 싶소."

그가 말하는 못난 아들은 강원도에서 타케시가 구한 박철규를 가리키는 것이었다.

박씨 집안의 숨겨진 속사정을 꽤 많이 아는 타케시는

속으로 웃었다.

박철규는 박대섭이 이름도 기억하지 못하는 첩에게서 얻은 아들이었다. 첩의 이름이 무엇이었는지조차 알지 못하는 그가 아들에게 애착을 가졌을 리 없었다.

박철규가 태양회 내에서 나름의 역할을 맡았던 건 부하들이 알아서 조치했기 때문이었다.

박대섭이 직접 그를 챙긴 적이 없었다.

그런 사정을 모르지 않는 타케시였다. 그렇다고 이 자리에서 웃을 수는 없는 노릇이었다.

그는 속마음과는 정반대의 정중한 음성으로 말했다.

"별말씀을, 오랜 세월 우리 가문의 벗이었던 회장님의 친자를 구하는 건 마땅히 해야 할 일이었을 뿐입니다."

"겸손하시구려. 현장에는 독수리의 발톱 정예요원들까지 있어서 개입하기 수월한 상황이 아니었다고 들었소만. 위험을 무릅쓴 행동이었을 텐데 어떻게 감사하지 않을 수 있겠소. 아버님께서도 치하의 말씀을 전하라 하셨소."

타케시가 눈을 크게 떴다.

"선대 회장님께서요?"

이번 만남에서 박태호가 언급될 거라는 예상은 하지 못했던 그였기에 지금의 놀람은 진심이었다.

박대섭은 고개를 끄덕였다.

"타케시 상의 행동을 들으신 그분께서는 타이요우와의

우정이 여전하다는 것을 확인할 수 있는 행동이었다고 평하시며 진심으로 기꺼워하셨소."

"고마운 말씀이시군요."

웃으며 말을 하고 있었지만 타케시의 머릿속은 많이 복잡해졌다.

'이건 뜻밖인데? 노괴물이 살아 있을 거라고는 생각했지만 아직도 건재하다는 건가? 박 회장이 그를 언급하는 건 그래도 좋다는 허락을 받았다는 건데… 이걸 어떻게 해석해야 할까… 그가 직접 나서겠다는 건가? 만약 그렇다면 가볍게 넘길 수 없는 변수인데… 아무튼 미국에 있는 어르신께서 들으면 흥미를 느끼실 만한 소식이로군.'

박대섭이 백아차를 한 모금 마신 후 다시 입을 열었다.

"이번에 타케시 상이 아들을 살려준 일로 인해 지난 5년 동안 서운했던 마음이 많이 가셨소. 아마도 이런 내 마음의 변화를 원해서 했던 계획적인 행동이었겠지만 그렇다 해도 고마운 마음이 없어질 수 있겠소?"

말속에 뼈가 있었다. 하지만 그 정도에 꿈쩍할 타케시가 아니었다.

"그렇게 생각해 주시니 고맙습니다."

타케시는 빙그레 웃었다.

두 사람 모두 박철규를 구한 이번 일이 소원했던 두 조직의 협력을 위한 명분일 뿐이라는 걸 알고 있었다.

서로가 뻔히 입에 발린 말을 하고 있다는 것도 모르지 않았다. 하지만 상대방의 진심에 관심을 가진 사람은 아무도 없었다.

지금의 만남은 정을 나누는 자리가 아니었다. 이곳에서 이루어지고 있는 건 냉혹한 비즈니스였다.

얻고자 하는 것을 손에 넣을 수 있다면 상대의 진심이 어디에 있는지 상관할 필요가 없는 것이다.

박대섭이 말했다.

"5년 전, 나는 다이키 상이 대전에서 하는 일을 적극적으로 도왔지만 그는 전국이 대혼란에 빠질 정도의 사건이 터졌을 때까지도 나를 속였소. 그 때문에 내가 겪은 곤란이 어느 정도였는지 타케시 상은 상상도 하지 못할 거요."

타케시는 정중한 표정으로 귀를 기울였다. 당시 자신이 직접 개입했던 사건이라 감회가 남달랐다.

박대섭의 얼굴에서 무언가를 억누르는 기색이 엿보였다. 내색하지 않으려고 했지만 그것을 완전히 지우지는 못했다. 그만큼 마음속에 쌓인 게 적지 않다는 방증이었다.

그가 말을 이었다.

"만약 다이키 상이 대전에서 찾은 것이 가네무라 슈이치가 남긴 것이라는 언질만 해주었어도… 앙천의 적운기가 그의 흔적을 찾아다니며 내게 도움을 요청했을 때 그처럼 어이없이 굴지도 않았을 것이고… 나중에 사건이 발생했을 때 국외자가 되어 손 놓고 구경만 하는 처지로 내몰리지도 않았을 터인데…….”

5년간 태양회와 타이요우의 사이가 소원했던 진정한 이유는 당시 다이키가 벌인 일 때문이었다.

나중에 사건의 진상을 알게 된 박태호는 박대섭을 죽음 직전까지 몰아붙일 만큼 대로했었다.

그 일로 박대섭은 가네무라 슈이치가 어떤 가치를 가진 인물인지를 알게 되었다. 그리고 신처럼 경외하던 부친에게 가혹한 처벌을 받은 그가 타이요우를 좋게 볼 리 없었던 것이다.

타케시는 고개를 숙였다.

“그 부분에 대해서는 저를 비롯해서 미국에 계시는 분들도 미안해하고 계십니다. 당시의 일은 다이키 형님의 독단에 의해 이루어졌던 것이라 어르신들도 일이 터진 후에야 아셨지요.”

타케시가 한 말은 진실과는 거리가 멀었다.

그는 다이키의 행동이 독단적인 것이 아니라 지시에 의해서 이루어졌다는 것을 알고 있었다. 그러나 그런 속사정을 박대섭에게 말해줄 이유는 없었다.

박대섭이 얼굴에서 섭섭해하는 기색을 지우며 말을 받

았다.

"그 마음을 알고 있기에 이런 자리를 마련한 것이 아니겠소. 내가 지난 얘기를 한 것은 그저 늙은이의 신세 한탄 겸 투정으로 흘려주시구려."

"다시 한 번 다이키 형님의 생각이 없던 행동에 대해 깊이 사과드립니다."

박대섭 정도의 위치에 있는 사람이 하는 말을 어떻게 투정으로 들어 넘길 수 있을까.

박대섭의 얼굴이 진중해졌다.

"앙천과 무스펠하임, 독수리의 발톱을 비롯한 거대 조직들의 정예가 이 나라에 들어와 있다는 것을 잘 아오. 나는 태양회의 전력을 다해 타이요우와 협력할 준비가 되어 있소."

"감사합니다. 그 대가로 타이요우는 회장님에게 우리가 얻게 될 물건에 대한 절반의 권리를 인정할 것이며, 이는 미국에 계신 어르신들의 뜻입니다."

두 사람은 웃으며 악수를 했다.

겉으로 볼 때 그들은 공통의 관심사를 확인했고, 협력도 다짐했다.

서로가 원하는 것을 얻은 자리라 할 수 있었다.

타케시는 정중한 목례로 인사한 후 문지석의 안내를 받으며 방을 나섰다.

그의 등에 시선을 주고 있던 박대섭의 두 눈에 음침한 빛이 떠올랐다.

'5년 전, 다이키의 철없는 행동 덕분에 나는 진실을 알게 되었다. 그에 대해서는 다이키, 아니, 타이요우에게 정말 깊이 감사하고 있지.'

그는 빈 찻잔에 뜨거운 물을 부었다.

백차의 향이 새롭게 우러났다.

그의 생각이 이어졌다.

'그 일로 아버지… 그 괴물이 나를 아들이 아니라 경쟁자로 본다는 것을 알게 되었다. 그가 내게 가네무라 슈이치에 대한 비밀을 말해주지 않았던 이유가 그 때문이었던 거야. 그는 어깨에 힘만 들어간 바보 아들을 원했던 게지. 영생을 얻은 자에게 후계자는 없으니까. 단지 경쟁자만이 존재할 뿐……'

그의 입가에 비릿한 미소가 떠올랐다.

'당신이 나를 경쟁자로 본다면 나 또한 거부할 이유는 없지. 하지만 과연 누가 영생을 얻어 무한한 권력을 향유할지는 마지막까지 가보아야 알게 될 거요.'

그는 찻잔을 들었다.

백아차의 담담한 향이 코끝에 맴돌았다.

*　　　*　　　*

대전 지족동의 주택가.

오래된 발라드를 흥얼거리며 주방에서 무언가를 만들고 있던 시은이 갑자기 왼 팔꿈치를 송곳처럼 뾰족하게 세워 제 등 뒤를 콱 찍었다.

퍽!

"으아아악!"

처절한 비명 소리가 났다.

시은이 코웃음을 치며 말했다.

"누가 들으면 진짜 사람 죽는 줄 알겠네. 그 단단한 몸이 퍽이나 아프겠다, 진짜!"

암향부동을 풀어 모습을 드러낸 이혁은 명치 부위를 과장스럽게 어루만지며 물었다.

"어떻게 알았어?"

"뒤에서 목에 입김 부는데도 모르면 그게 여자야?"

"아… 누나도 여자였구나!"

"이게, 죽을래?!"

시은이 요리하던 프라이팬과 뒤집개를 들어 이혁을 때리려는 시늉을 했다.

그는 묘행보를 펼쳐 재빠르게 뒤로 2미터 물러났다. 순간 이동에 가까운 속도의 움직임이었다.

시은이 뒤따른다는 게 가능할 리 없다.

그녀는 눈을 곱게 흘기며 다시 프라이팬을 불 위에 올려놓았다.

"기다려, 금방 돼."

그녀가 하고 있는 건 간단한 오므라이스였다.

"사람들은 어디 가고 누나가 직접 요리를 하는 거야?"

"다들 바빠. 그리고 나는 손이 없니, 발이 없니. 배고프면 해 먹으면 되지."

"그야 그런데… <u>흐흐흐.</u>"

이혁은 묘하게 웃으며 시은이 요리하는 모습을 지켜보았다. 얼추 다 되어가자 식욕을 자극하는 고소한 냄새가 났다.

이혁의 눈빛이 부드러워졌다.

'오랜만이군…….'

시은과 함께 살던 서울에서는 언제든지 그녀가 해준 음식을 먹을 수 있었다. 둘은 대전에 내려와서도 가능하면 함께 식사를 하려고 노력했었다.

요리를 마친 시은이 식탁 위에 음식을 차렸다.

퍽퍽퍽.

와구와구와구.

이혁의 숟가락과 젓가락이 입과 음식 사이를 정신없이 오갔다. 음식은 빛의 속도로 줄어들었다.

시은은 그가 먹는 속도가 재미있는지 자신의 음식에는 숟가락을 대지 않았다.

대신 손을 턱에 괴고 그가 먹는 걸 지켜보았다.

그녀가 미소를 지으며 이혁에게 말했다.

"체하겠다, 천천히 먹어."

이제 접시를 든 채 거기에 코를 박고 숟가락질하던 이혁이 말을 받았다.

"쌀 한 가마니를 먹어도 이상 없는 철벽 위장의 소유자가 나야. 걱정 붙들어 매시라고."

우물우물, 쩝쩝.

"뱃속에 거지가 백 명은 들어 있는 거 같네."

"배고프던 참이었거든, 흐흐흐."

깨끗하게 비워진 접시 위에 수저를 내려놓은 이혁이 웃으며 말했다.

시은은 아직 한 입도 먹지 않은 상태인데 그는 식사가 끝이 났다.

시은이 고개를 휘휘 저으며 말했다.

"번갯불에 콩 구워 먹겠어."

"기회만 되면 못할 것도 없겠지, 누나도 먹어."

"알았어."

시은은 수저를 들었다. 그리고 크게 뜬 오므라이스 한 숟가락을 입에 넣고 씹으며 말했다.

"음… 내가 한 거지만 정말 맛있네."

"넘기고 말씀하시지, 밥알 튀어."

"호호호."

쾌활하게 웃은 시은이 또 한 숟가락을 입으로 가져가며 물었다.

"그런데 내가 왜 너를 불렀는지 알아?"

이혁은 어깨를 으쓱했다.

"알 리가 있겠어? 하늘도 모를 누나 속을?"

"하긴, 너처럼 단순한 애가 알 리가 없지. 미안해, 그냥 말하지 않고 물어봐서."

입에 있던 것을 꿀꺽 삼킨 후 이어진 시은의 말에 이혁이 눈을 부라렸다.

"먹은 거 얹히겠어. 이젠 아주 대놓고 디스하시는구만."

시은이 자기 몫으로 만든 오므라이스의 양은 이혁 것의 삼분지 일에도 미치지 못했다.

천천히 먹었지만 얼마 지나지 않아 접시는 바닥이 났다.

그녀가 수저를 놓자 이혁이 탁자 위의 빈 접시와 수저를 챙겨 싱크대에 넣었다.

그사이 시은은 탁자를 닦고 머신에서 내린 커피를 가지고 왔다.

따뜻한 커피로 입가심한 이혁이 물었다.

"이제 본론으로 들어가는 거야? 이렇게 위험한 시기에 왜 불렀어? 감시망 피해서 오느라 꽤 귀찮았다고."

그의 목소리에서 호기심이 느껴졌다.

그럴 만도 했다.

생사를 건 싸움이 연이어지고 있는 시기의 호출이 아닌가.

"필요하니까 오라 했지, 호호호."

시은은 나직하게 웃으며 말을 이었다.

"네가 영국에서 얻은 사진에 대해서 몇 가지 묻고 싶은 게 있어서 불렀어."

"사진? 테드가 준 그거?"

시은이 고개를 끄덕였다.

시은과 그가 공통적으로 알고 있는 사진은 한 장뿐이었다. 그리고 이 상황에서 언급할 만한 가치를 가진 것도 그것밖에 없었다.

이혁이 미간을 찌푸리며 물었다.

"뭐가 궁금한데?"

"사진 속에 있는 인물들에 대해서 더 심도 깊게 조사를 진행했어. 그들이 그곳에서 사진을 찍은 시기, 모임의 이유, 그 뒤에 벌어진 일. 그들과 가네마루 슈이치의 흔적이 갖는 상관관계까지 가능한 모든 것에 대해서. 그리고 네가 준 자료와 내가 조사한 것들을 종합적으로 분석했어."

이혁은 진지한 기색으로 귀를 기울였다.

시은이 그를 보며 말을 이었다.

"내가 내린 결론은……."

시은이 장난스럽게 말끝을 흐렸다.

이혁이 혀를 찼다.

"쩝, 그래서 결론은?"

"아무래도 태양회의 수뇌부가 그 장소의 진정한 가치를 몰랐던 것 같아."

"왜 그런 생각을 하게 된 거야, 누나? 눈에 불을 켜고 초인 연구를 하던 게 태양회야. 그들이 가네무라 슈이치가 남긴 흔적을 알아보지 못했다는 게 말이 돼?"

이혁이 어리둥절한 기색으로 되물었다.

시은이 커피를 한 모금 마신 후 대답했다.

"말이 안 돼지. 그런데 이 경우에는 말이 된다고 봐."

"어떻게 그런 이상한 결론에 도달하게 된 거야?"

"이소영이 보낸 사진을 본 테드는 은밀하게 사진 속 인물들과 가네마루의 흔적에 대해 조사를 진행했어. 알고 있지?"

"당연하지. 하지만 그가 진정으로 알고 싶었던 것에는 접근조차 하지 못했어, 그래서 이번에 나를 끌어들인 거고."

시은은 커피 잔을 내려놓고 이혁의 손을 잡았다.

"혁아, 차분히 돌이켜 생각을 해보자. 너는 괴물이 나온 대전의 그 폐허에서 타이요우의 후지와라 다이키가 혈륜을 돌렸다고 봤어. 그렇지?"

이혁은 고개를 끄덕였다.

시은이 말을 이었다.

"독수리의 발톱의 마스터인 크리스티나와 영국의 테드가 준 정보에 의하면 혈륜을 돌릴 수 있는 인물은 이 세상에 단둘, 이시이 시로와 가네마루 슈이치뿐이야. 그럼 다이키는 대전에서 어떻게 혈륜을 돌린 걸까? 저 두 사람 중 누군가가 다이키를 도왔을까? 그건 가능성이 없다고 봐. 이시이 시로는 공식적으로 사망한 지 수십 년이 지났고, 가네마루 슈이치는 종적이 끊긴 지 반세기가 넘은 사람이니까."

"이시이 시로나 가네마루 슈이치. 이들 중 누군가가 다이키를 도왔을 리는 없겠지. 그들 중 누군가가 남긴 연구 자료를 후지와라 가문이 얻었다고 생각하는 게 더 합리적일 거야. 그들 중 한 사람이 직접 개입한 건 아닌 게 분명하다고 장담할 수 있어."

"왜?"

"그랬다면 나는 당시 죽었을 거야. 무스펠하임의 전투

초상 능력자들을 생각하면 답이 바로 나오니까. 무스펠들은 혈륜으로 만들어진 능력자들이야. 5년 전의 나는 그들 중 한 명도 감당하기 어려웠어. 하지만 대전에서 나와 싸운 괴물은 무스펠이 가진 능력의 절반에도 미치지 못했어. 그래서 내가 그들을 쓰러뜨릴 수 있었지."

시은은 깊은 관심을 갖고 이혁의 얘기를 들었다.

그녀는 정보를 분석해서 결론을 내리지만 이혁은 직접 몸으로 싸워서 결론에 도달한다.

이런 경우 실제 경험한 이혁의 견해가 갖는 무게가 어느 정도인지는 말이 필요 없는 것이었다.

그가 말을 이었다.

"대전의 폐허는 다이키가 만든 것이 아니라 오래전에 사용했던 실험실일 가능성이 커. 가정이긴 하지만 다이키는 그 실험실에 남아 있던 괴물을 깨운 것에 불과할지도 모르고. 돌이켜 생각해 보면 내가 싸웠던 무역 전시관의 괴물들은 적절한 통제를 받는 거 같지 않았거든, 갑하산의 괴물은 경우가 조금 달랐지만."

뇌리에 새겨진 당시의 기억을 떠올리려 애쓰며 답하는 이혁의 말에 시은은 고개를 끄덕였다.

그녀는 이혁의 분석에 전적으로 동의했다.

"내 생각도 너와 같아."

"지금 그것과 관련된 내용을 에이단 일행이 테일러와

함께 조사하고 있어. 조만간 보다 확실한 결과를 보고받을 수 있을 거야."

"다행이네."

"그런데 그것과 처음에 누나가 얘기한 이상한 결론, 태양회가 가네마루의 흔적을 알아보지 못했다는 것 사이에 무슨 상관이 있다는 거야?"

시은이 신중한 얼굴로 입을 열었다.

"당시 다이키를 돕도록 대전의 유성회를 움직였던 건 태룡회의 서복만이었어. 태룡회를 거대 조직으로 키웠던 건 태양회였고. 서복만이 죽은 후 태룡회를 흡수한 상산파의 이자룡 회장은 태양회의 우산 아래로 들어갔어. 태양회의 귀족들이 손대기 싫어하는 지저분한 일들은 그들이 전담하고 있지."

이혁은 눈살을 찌푸렸다.

그도 이미 알고 있는 사실이었다.

이자룡이 한국의 암흑가를 장악할 수 있는 기회를 실질적으로 마련해 준 당사자가 그와 편정호였다.

그런 이자룡이 태양회의 쓰레기 청소부 역할을 하고 있다는 시은의 말을 들으니 은근히 기분이 상한 것이다.

"네 심정은 이해하지만 이자룡은 선택의 여지가 없었어. 이 땅에서 태양회의 눈 밖에 난 폭력 조직은 생존이 불가능하니까."

"알아. 어쨌든 계속해 봐, 누나."

"유성회의 보스였던 최일은 다이키와 관련된 것들을 서복만에게 빠짐없이 보고했을 거야. 그럼 서복만은? 그가 태양회에 대전에서 어떤 일이 벌어지고 있는지 과연 사실대로 보고했었을까? 그랬을 확률은 정말 희박하다고 생각해. 태양회는 물러 터진 조직이 아니야. 그러나 그들은 당시 대전 상황에 적극적으로 개입하지 않았어. 그것이 말해주는 가능성은 하나밖에 없어."

"보고는 이루어졌지만 정말로 있었어야 할 내용이 포함되어 있지 않았다?"

이혁이 낮은 목소리로 반문했다.

시은이 고개를 끄덕이며 말을 받았다.

"태양회 수뇌부는 대전 사건의 본질을 파악하지 못했던 거야. 이상하다고 생각은 했을 테지만 그들은 알았어야만 했던 정보를 얻지 못한 거지."

"재밌군."

이혁은 흥미진진해하는 얼굴이 되어 귀를 기울였다.

"다이키는 최일을 속였을 거야. 초인 연구에 대해서 아무것도 모르는 그를 속이는 거야 쉬운 일이었겠지. 서복만도 그에 대해서는 알고 있지 못했을 테니 최일의 보고에서 이상한 점을 알아차리지 못했을 것이고."

"욕심이 눈을 가리기도 했을 테지."

이혁의 덧붙이는 말에 시은은 미소를 지으며 말했다.

"맞아, 서복만은 다이키와 모종의 거래를 했을 거고 그 대가를 받을 생각으로 가득 차 있었을 거야. 바보는 아니었을 테니 다이키가 대량의 마약을 만들고 또 많은 사람을 납치해 달라는 요구를 들어주면서 끔찍한 일이 진행되고 있다는 건 알았겠지. 그렇지만 그는 자신의 행동에 양심의 가책을 느끼는 스타일의 남자는 아니었어."

폭력 조직의 두목들은 사이코패스에 가까운 성격을 갖고 있다.

타인의 고통에 무감각한, 정서적 공감이 안 되는 자들이 아니면 그런 짓을 할 수 없기 때문이다.

그녀의 말이 이어졌다.

"은둔해 있던 요 몇 년 동안 나는 일련의 흐름을 돌이켜 보면서 고개를 갸웃할 수밖에 없었어."

"왜?"

"태양회의 반응이 정상이 아니었거든. 너도 알다시피 대전 사건 당시 태양회를 지휘하고 있었던 자는 박대섭이야. 지난날 네 형들을 죽음으로 몰아넣었던 그의 부친 박태호는 조직이 위태로울 때가 아니면 나타나지 않는 자라 그때는 지휘선상에 있지 않았어."

이혁은 시은의 빈 잔에 커피를 채웠다.

"고마워."

커피 한 모금을 마신 시은이 계속해서 말했다.

"박대섭은 분명 서복만과 태양회 하부 조직에서 올라오는 대전의 상황을 보고받았을 거야. 그런데도 그는 무역 전시관에 나타난 괴물들이 이시이 시로와 가네마루의 초인 연구와 관련 있다는 것을 알아차리지 못했어."

말을 잇는 그녀의 시선이 이혁을 똑바로 보았다.

"그뿐만이 아니야. 이소영이 얻은 그 사진 속의 회합은 분명히 박대섭에게도 보고되었을 거야. 그만한 거물들이 회합을 하는 데 회장에게 동향 보고가 올라가지 않았을 리가 없잖아. 보고서에는 현장이 촬영된 사진도 여러 장이 포함되어 있었겠지. 그런데 대전 사건이 마무리될 때까지도 태양회는 가네마루에 대한 조사에 착수하지 않았어. 그들이 조사를 시작한 건 네가 이미 미국으로 떠난 후였지."

그제야 이혁은 시은이 무엇을 말하고자 하는지 분명하게 이해할 수 있었다.

그가 물었다.

"퇴수정을 찍은 사진을 보았을 것이 틀림없는 박대섭이 조사에 즉시 착수하지 않았다… 그럼 그때까지 그가 가네마루 슈이치를 알고 있지 못했다는 말이야?"

시은은 고개를 끄덕였다.

"태양회 내에서 가네마루 슈이치의 진정한 가치를 알

고 있던 사람은 단 한 사람뿐이었던 것 같아."

"박태호?"

"맞아. 박대섭은 대전 사건이 터진 후에야 가네마루가 어떤 인물인지 알게 되었을 것이고."

"누나가 무슨 말하는지는 알겠는데… 나는 잘 이해가 안 되는데? 박대섭은 박태호의 아들이고 후계자잖아. 얼마 안 있으면 죽을 늙은이가 왜 그랬지?"

"불사. 영생을 얻은 자에게 후계자가 존재할 수 있을까?"

"허…….."

이혁은 어이가 없다는 듯 한숨을 내쉬며 말했다.

"그놈의 영생불사 앞에서는 혈연도 아무런 가치가 없다는 말이로군."

"731부대의 마루타 실험에 동포를 재료로 공급했던 자가 박태호야. 그자의 심장에는 피가 아니라 얼음이 흘러."

시은의 눈빛이 완연하게 싸늘해졌다.

그녀에게 태양회는 같은 하늘 아래서 한 공기를 마시며 살 수 없는 자들이었다.

그런 조직을 지배하는 자를 떠올리는 것만으로도 마음은 한(恨)으로 가득 찼다.

그녀가 말했다.

"나는 박대섭이 몇 년 동안 은밀하게 가네마루 슈이치에 대한 조사를 진행한 흔적을 발견할 수 있었어. 태양회 내에서도 아마 그자의 비서실장 정도밖에 모르는 것 같고. 조사하는 자들도 자신들이 무엇을 찾고 있는지 정확하게 알지 못하고 있어. 아마도 박태호에게 보고될 것을 염려하는 거라고 생각해."

귀를 기울이는 이혁의 눈빛이 강해졌다.

시은이 말을 이었다.

"박대섭이 지난 수십 년 동안 태양회를 지휘해 왔지만 그건 그저 겉으로 보이는 모습에 불과해. 태양회의 실질적인 지배자는 일선에서 물러난 것 같은 박태호야."

"그들의 의사결정 과정에 문제가 있나 보군."

이혁의 말에 시은은 빙그레 웃으며 고개를 끄덕였다.

"박대섭의 모든 결정은 태양회 장로회의 재결을 받고 나서야 공포돼. 그리고 장로회의는 박태호에게 절대 충성을 바치는 그의 그림자들이지. 그가 모습을 보인다면 태양회의 실권은 즉시 박대섭의 손을 떠나. 허수아비가 되어버리는 거지."

"박대섭이 절대로 원할 것 같지 않은 상황인데?"

"나도 그렇게 생각해. 그리고 그 지점에 박태호를 끌어낼 수 있는 포인트가 있지 않을까 하는 게 내 의견이야."

시은의 눈에 푸른 살기가 떠돌았다.

그녀가 말했다.

"혁아, 박태호를 없애야 해. 그자야말로 태양회의 최종 보스니까. 그자를 제거하지 않으면 태양회는 바퀴벌레처럼 끝없이 재생될 거야. 하지만 그자의 소재는 특급 보안 사항이라 나도 알아내지 못했어."

그녀의 눈가에 걱정스런 기색이 스쳤다.

"만약 그자가 네가 말한 초인 연구의 성과를 내 불멸의 권능을 얻는다면……."

이혁이 무거운 음성으로 말을 받았다.

"최소한 이 나라에는 상상 이상의 끔찍한 미래가 열리겠지."

"태양회는 타이요우와 공고한 협력 관계를 회복한 것 같다는 정보가 있어. 신중해야 해."

"내 걱정은 하지 마. 누나는 지금처럼 정보들을 모아 줘. 처리는 내가 할 테니까. 걸리적거리는 놈들 치우는 데는 내가 선수잖아."

그가 시은의 손을 잡으며 말을 이었다.

"잊었어? 진혼의 집행자인 내 암호명 '켈베로스'를?"

"어떻게 잊을 수가 있어, 내가 지어준 건데. 지옥의 수문장인……."

그녀가 목소리를 낮추며 말을 이었다.

"머리 셋 달린 미친개를!"

이혁이 와락 인상을 쓰는 걸 보며 시은이 환하게 웃었다.

어쩔 수 없다는 듯 그도 풀썩 웃고 말았다.

제7장

정식 명칭, 송탄 K-55 기지.

오산과 송탄 두 지역에 걸쳐 조성되어 있어서 속칭 오
산 에어베이스라고도 불리는 미군 기지 활주로에 C-
130 허큘리스 한 대가 착륙했다.

기체가 움직임을 멈추자 후방 램프 도어가 아래로 내
려가며 화물실이 드러났다.

도어가 열리기를 기다리고 있던 건장한 남자들이 비행
기에서 내렸다.

그 숫자는 2십여 명, 청바지와 간편한 티셔츠 차림을
한 그들은 삼십 대 전후로 보이는 동양인이었다.

그들의 표정은 언뜻 보아도 상당히 무거웠다. 눈빛이 번들거린다는 느낌이 들 정도로 강렬했고, 근육은 심한 긴장으로 인해 딱딱하게 굳어 있었다.

활주로에서 몇 미터 벗어난 지점에 서서 허큘리스에서 내리는 이들을 지켜보고 있던 장신의 서양 남자는 물고 있던 담배를 손끝으로 비벼 껐다.

'LA다저스' 라는 글자가 박힌 푸른색 모자를 대충 눌러쓴 그는 동양인 무리의 선두에 서 있는 남자를 향해 걸어가며 손을 흔들었다.

"웰컴 투 코리아, 미스터 모용."

무표정하던 모용산의 얼굴에 옅은 미소가 떠올랐다.

그는 자신을 반갑게 마주해 주는 서양인 남자, 제이슨의 손을 마주 잡았다.

"오랜만이오, 제이슨."

지난 세월의 험난함을 말해주는 듯 그의 목소리는 5년 전과 비교할 수 없을 만큼 진중한 위엄을 품고 있었다.

하지만 제이슨은 모용산의 분위기를 전혀 신경 쓰지 않았다. 최근 그가 어울리는 사람들 중 모용산보다 못한 사람은 한 명도 없는 것이다.

제이슨은 모용산의 어깨에 팔을 두르며 걸음을 옮겼다.

"강시은 씨가 많이 기다리고 있소. 당신도 그녀를 만

나면 할 얘기가 많을 거요."

모용산은 고개를 끄덕이며 말을 받았다.

"장 대인의 친인이라면 내게도 남이 아니오."

그의 눈빛이 아련해졌다.

5년 전, 갑하산에서 함께 싸우다 죽어간 장석주의 모습이 떠올랐기 때문이었다.

그가 제이슨에게 고개를 돌리며 물었다.

"앙천의 주력이 이미 한국에 들어왔다 알고 있는데, 파악한 것이 있소?"

제이슨이 모용산의 어깨를 툭툭 치며 말했다.

"미스터 모용, 당신 마음을 모르는 건 아니지만 지금 내가 그에 대해 언급하는 건 적절치 않은 것 같소. 조급해하지 마시오. 그녀를 만나면 당신이 궁금해하는 모든 것을 알 수 있을 테니까."

모용산의 입가에 쓴웃음이 떠올랐다.

그는 CIA의 에이전트가 절강성 항주의 슬럼가에 은신해 있는 자신을 찾아올 거라 생각해 본 적 없었다.

그래서 그가 머물고 있는 허름한 지하 안가를 제이슨이 방문하자 놀라지 않을 수 없었다. 그리고 그의 제안을 들었을 때는 놀람을 넘어 흥분을 감추지 못했다.

적어도 10년은 더 지나야 가능할 것이라 생각했던 복수가 어느새 바로 코앞까지 다가와 있다는 것을 직감했기 때문이었다.

정면을 똑바로 바라보는 그의 눈가에 붉은 기운이 서렸다.

'앙천…… 이 땅을 밟은 자들 중에 다시 고향으로 돌아갈 수 있는 자는 한 명도 없을 것이다. 내가 그렇게 만들 테니까, 목숨을 걸고.'

그의 전신에서 흘러나오는 살기로 인해 사방의 공기가 차갑게 얼어붙었다.

뒤따르던 부하들도 그의 마음을 느낀 듯 눈빛이 차가워졌다.

제이슨도 슬그머니 모용산의 어깨에 얹었던 팔을 내렸다. 그의 온몸에는 소름이 돋아 있었다.

*   *   *

서울 인사동.

골목 안쪽의 찻집 '나그네' 의 구석진 곳에 서양인 남녀 둘이 마주 보고 앉아 있었다.

둘 다 백발인 그들은 평범하지 않은 기품을 느끼게 하는 사람들이었다.

둘 중 한 명은 키가 아주 작고 귀여운 인상의 노파, 파리에서 이혁과 만난 적이 있는 멜리사였다.

찻잔을 두 손으로 감싸 쥐고 눈을 감은 그녀는 입에 머금은 차를 둥글게 굴렸다.

쌉쌀하면서도 향긋한 녹차가 머릿속까지 맑게 해주는 느낌에 그녀의 입가에는 따뜻한 미소가 떠올랐다.

"기분이 좋으신 것 같습니다, 다누."

멜리사는 눈을 떴다. 그리고 탁자의 맞은편에 앉은 노인을 보며 혀를 찼다.

"그 이름으로 부르지 말라고 한 지도 몇백 년 전인 거 같은데. 얼마 지나지도 않은 일을 벌써 잊어버린 거냐, 콜튼?"

콜튼이라 불린 노인은 장난스럽게 웃으며 고개를 숙였다.

60 전후로 보이는 그는 눈처럼 하얗고 단정한 백발과 콧수염의 소유자로 세월도 비껴간 듯한 미남자였다.

"죄송합니다, 멜리사. 봐주세요."

멜리사는 미소와 함께 고개를 끄덕이는 것으로 노인을 용서했다.

"콜튼, 키안이 테드로부터 아르케틀람을 완전히 인수받았다는 정보가 사실인지 확인은 했느냐?"

"예, 멜리사. 사실이었습니다."

콜튼의 대답에 멜리사는 가는 한숨을 내쉬며 중얼거렸다.

"설마 했는데 키안까지 본격적으로 끌어들이다니. 테드… 이 녀석을 어찌해야 좋을꼬……."

"머리가 너무 좋은 탓입니다. 테드가 어렸을 때부터 잔머리를 굴리는 걸 얼마나 좋아했는지 아시지 않습니까. 몇 번을 더 죽었다 살아나도 그 버릇을 버리지는 못할 겁니다."

멜리사가 눈살을 찌푸렸다.

"에휴, 그러다가 켄에게 한번 호되게 당했으면서……."

"그 정도에 정신을 차릴 테드가 아니지요. 오래전 그가 자신의 아들에게 했던 짓을 벌써 잊으신 건 아니시겠지요?"

"어떻게 그걸 잊겠느냐……."

말끝을 흐리며 멜리사는 눈을 가늘게 뜨고 콜튼을 물끄러미 바라보았다.

그녀의 시선을 느낀 콜튼이 힐끗 눈을 마주쳤다가 씁쓸하게 웃으며 고개를 숙였다.

멜리사가 가라앉은 음성으로 말했다.

"테드보다는 덜하지만 너희가 했던 짓도 그 못지않아. 키안이 죽은 자신의 형제 이름으로 살아가는 마음이 어떤지를 늘 잊지 말아라. 너희가 키안에게 사과했다고 하지만 그것으로 모든 인과의 사슬이 풀린 것은 아니니까."

"알고 있습니다, 어머니……."

콜튼의 얼굴에 언뜻 서글픈 기색이 떠올랐다 사라졌다.

그는 다시 밝은 얼굴로 멜리사에게 말했다.

"모이라이들도 그동안 우리 3형제가 했던 일 때문에 멜리사가 얼마나 많은 노력을 했는지 잘 알고 있습니다. 테드나 키안도 마찬가지고요. 그러니 너무 염려하지 않으셔도 될 겁니다."

"쯧쯧, 속 편한 녀석……."

멜리사는 혀를 찼다.

콜튼이 빙긋 웃으며 말했다.

"그보다 켄을 저대로 두어도 되겠습니까? 그가 자신이 벌인 일을 감당할 수 있을 것 같지 않습니다."

"그 아이는 네가 알고 있는 것보다 훨씬 강하단다."

"그럴지도 모르지요. 그래도 걱정이 됩니다, 멜리사. 그가 끌어당긴 자들 중에 약한 자는 한 명도 없잖습니까."

멜리사의 입가에 미소가 떠올랐다.

그녀가 물었다.

"켄을 돕고 싶다는 말이냐?"

"돕고 싶다기보다는… 가만히 보고 있으려니 좀이 쑤셔서요."

"호호호, 그게 그 말이지. 세월이 흘러도 너의 활력은 변함이 없구나. 어떤 면에서는 테드와 비슷해."

콜튼은 멋쩍은 듯 은빛 콧수염을 어루만졌다.

멜리사가 말을 이었다.

"네가 움직이면 신경을 곤두세울 자들이 한둘이 아니라는 건 염두에 두고 그런 말을 하는 거겠지?"

"알고 있습니다. 현인회(賢人會)는 이 세상의 균형을 조율하는 힘이죠. 사사로이 힘을 사용하는 건 위험할 뿐 아니라 금지된 일이기도 하고요. 그렇지만 이번 경우는 좀 다르다고 생각합니다."

"어떻게?"

"켄은 자신이 갖고 있는 것의 가치가 어느 정도인지 관심 없는 것처럼 보입니다. 그러나 그가 지금 이용하고 있는 것들의 대부분은 불멸자와 직간접적으로 관련되어 있습니다. 그것만큼 세상의 균형추를 뒤흔들 수 있는 것도 없지요. 현인회가 나설 명분으로 부족하지 않다고 생각합니다, 멜리사."

멜리사는 생각에 잠긴 얼굴로 잠시 말이 없었다.

그녀가 입을 연 것은 5분 정도가 지난 후였다.

"콜튼, 네가 이곳까지 와서 지켜보기만 하는 것도 무리긴 하지. 말리지 않으마. 하지만 방심은 금물이야. 옛 것들이 언제 어디서 튀어나올지 모른다, 새로운 것들의 힘도 무시할 수 없고. 우리의 시대는 오래전에 갔어."

콜튼의 입가에 고즈넉한 미소가 떠올랐다.

그가 말했다.

"저도 부정하지 않습니다, 어머니. 우리들의 시대는 아주 오래전에 스러졌지요. 하지만 도움을 필요로 하는 친구가 있는데 굳이 세상의 방관자를 자처하며 외면할 필요는 없지 않을까 하는 것이 못난 아들의 생각입니다."

멜리사는 찻잔을 손에 들었다.

시간이 흐른 터라 찻물은 미지근하게 식어 있었다.

하지만 그녀의 손길이 두어 번 잔의 표면을 어루만지자 식었던 찻물에서 따스한 온기가 담긴 아지랑이가 피어올랐다.

그녀는 차를 한 모금 마신 후 입을 열었다.

"네 형제들과 함께 움직이도록 해라."

콜튼은 고개를 숙였다.

"심려하실 일은 없을 겁니다, 멜리사."

두 사람은 입을 다물고 천천히 차를 마셨다. 서로를 바라보는 그들의 얼굴에 보통 사람과 다름없는 따스한 정감이 흘렀다.

*　　　　*　　　　*

서울 성북동 고급 주택들이 즐비하게 늘어선 언덕이 올려다 보이는 도로변.

밤이 깊은 시간이라 거리는 한산했다.

불빛들에서 많이 떨어진 곳에 주차시켜 놓은 중형 승용차 안에 보기 드문 미인 두 명이 운전석과 조수석에 나란히 앉아 있었다.

진한 썬팅 때문에 보이지 않기 다행이지 그렇지 않았다면 지나가던 남자들의 눈길이 오랫동안 머물렀을 것이다.

운전석에 앉아 있는 여자는 이수하였고, 조수석은 윤성희였다.

이수하는 한 손으로는 작은 망원경으로 언덕을 올려다 보면서 다른 한 손으로는 기어봉 옆에 놓인 봉지에서 버터구이 오징어 다리를 꺼내 잘근잘근 씹고 있었다.

한 번 씹을 때마다 달콤한 맛이 입안에 가득 고였다.

"맛있다!"

낮게 지르는 그녀의 탄성 소리에 윤성희가 어처구니없다는 표정으로 입을 열었다.

"지금 우리 영화라도 보는 거였어?"

"영화는 아니지만 스릴 넘치는 건 마찬가지잖아."

이수하는 정말로 그런 느낌인지 흥미진진하다는 기색을 숨기지 않으며 반짝이는 눈으로 주택가를 보고 있었다.

차가 세워져 있는 위치는 미묘했다.

두 사람이 목표로 한 고급 주택에서는 차가 잘 보이지 않지만 이곳에서는 주택의 정문 부근이 한눈에 들어왔다.

윤성희는 고개를 휘휘 내저었다.

"대책 없는 년!"

이수하가 그런 욕을 얻어먹고 가만있을 여자이던가.

"재미없는 년!"

윤성희는 욕을 맞받아치지 않았다. 그랬다가는 이수하와의 되지도 않는 말장난이 끝도 없이 이어질 거라는 걸 경험으로 잘 알고 있기 때문이었다.

윤성희가 응대하지 않자 재미가 없어진 이수하는 말없이 버터구이 오징어만 씹어댔다.

봉지의 바닥이 보일 때까지 쉬지 않고 먹어대던 그녀 손길이 어느 순간 딱 멈췄다.

눈이 별처럼 반짝였다.

"나왔다!"

조금만 더 컸다면 환호성처럼 들리지 않았을까 싶을 정도로 기쁨에 겨운 목소리였다.

의자에 등을 묻고 있던 윤성희도 튕기듯 허리를 세웠다.

그녀는 빼앗듯 이수하의 손에서 망원경을 잡아채 눈에

가져다 댔다.

잠시 후 그녀의 입에서 어리둥절해하는 느낌이 묻어나는 한마디가 흘러나왔다.

"그가 맞긴 한데… 이 늦은 시간에 차도 타지 않고 어디를 가는 거지?"

이상하게 생각하고 있던 터라 이수하도 맞장구를 쳤다.

"그러게?"

두 사람은 고개를 갸웃하며 저택의 정문을 바라보았다.

그곳에는 190센티가 넘는 키에 100킬로그램을 가볍게 넘는 거구의 남자가 걸음을 옮기고 있었다.

감색 정장 바지에 시원한 느낌의 푸른색 티셔츠를 입은 그는 60 전후로 보였다. 하지만 주름이 거의 없고 혈색이 무척 좋아서 실제 나이를 짐작하기 쉽지 않았다.

그의 주변에는 근육질로 뭉친 체구의 젊은 남자 다섯 명이 물샐틈없이 경호하고 있었다.

체구나 기품 그리고 주변 경호원들까지, 평범한 남자는 아니었다.

이수하가 이맛살을 찌푸리며 낮게 중얼거렸다.

"이자룡… 어디 가냐, 너?"

사내는 한국의 밤을 지배한다는 상산파의 회장 이자룡

이었다.

*　　　　　*　　　　　*

이혁은 문 앞에서 걸음을 멈췄다. 그가 초인종에 손을
얹기도 전에 스르륵 하는 소리와 함께 문이 열렸다.

열린 문 안쪽에 하얗고 토실토실한 제라드의 웃는 얼
굴이 있었다. 이혁과 눈을 맞춘 그가 어린아이처럼 환하
게 웃으며 말했다.

"보스, 어서 오십시오. 기다리고 있었습니다."

"남자가 기다리는 건 별론데."

"성전환 수술이라도 할까요?"

"그런 끔찍한 농담은 하지 마, 제라드. 귀가 썩을 거
같다."

"홋, 들어오십시오."

이혁은 싱긋 웃으며 제라드의 팔을 두어 번 두드려 주
고 안으로 들어섰다.

다양한 자세로 앉아 볼일을 보고 있던 테일러와 리마,
에이단, 헤나와 브렛이 일어나거나 고개를 까닥여 인사
하는 모습이 보였다.

일어나 이혁을 맞은 테일러가 자리를 권하며 물었다.

"오시느라 수고하셨습니다, 보스."

이혁은 어깨를 으쓱했다.

"수고는 무슨. 대전에서 서울은 엎어지면 코 닿을 곳인걸. 이 나라는 너무 좁아서 수고까지 하면서 오갈 만큼 먼 곳은 없어. 흐흐흐."

테일러도 마주 웃고는 다른 사람들을 손짓으로 불렀다.

불과 몇 미터밖에 안 되는 거리긴 하지만 바람처럼 달려온 리마가 제일 먼저 이혁의 옆자리에 앉았다.

그리고 뒤이어 어슬렁어슬렁 걸어온 다른 사람들은 소파나 바닥에 편하게 자리 잡았다.

이혁은 손을 들어 자신의 옆에 찰싹 붙어 앉아 있는 리마의 머리를 부드럽게 쓸었다.

눈을 반쯤 감은 채로 머리를 이혁의 손에 살살 비벼 댔다.

가르릉거리기라도 하면 영락없이 포만감에 젖은 고양이처럼 보일 자세였다.

이혁과 리마의 관계를 잘 아는 테일러와 제라드, 그리고 에이단은 풀썩 웃었다.

이혁의 팀과 함께 싸운 경험이 없는 브렛과 헤나만이 의외라는 듯 고개를 갸웃했다.

그들이 이곳에서 지낸 시간은 며칠 되지 않았다. 하지만 리마의 성향을 파악하기에는 충분했다.

그들이 본 리마는 톱클래스의 전투 요원이었다.

가까이만 가도 저절로 소름이 돋을 정도로 강렬한 살기를 내면에 품고 있는 그녀를 보며 그들은 시한폭탄처럼 사람을 불안하게 만드는 구석이 있는 여자라고 생각하고 있었다.

그런데 지금 그 생각을 무색하게 만드는 장면이 눈앞에 펼쳐지고 있는 것이다.

"테일러, 뭔데 직접 와서 들어야 한다는 거야?"

아이처럼 즐거워하는 리마를 보며 빙그레 웃고 있던 테일러가 정색했다.

"에이단과 브렛, 헤나는 이곳에 오기 전 대전 경계 남부 지역의 폐허를 조사했습니다. 덕분에 현장에 가지 못한 우리의 부족함을 메울 수 있었죠. 그리고 제이슨과 보스, 그리고 진혼의 당주께서 넘겨준 자료도 많은 도움이 되었습니다."

"도움이 되라고 준 건데 무용지물이었다면 섭섭했을 거야."

이혁이 테일러와 에이단 일행에게 요구한 것은 '가네무라 슈이치'와 '혈륜'에 대한 조사였다.

그것을 위해 필요한 것이라면 구할 수 있는 모든 것을 하나도 숨기지 않고 그들에게 넘겨주었다.

테일러가 조금 굳은 얼굴로 말했다.

"여러 자료를 종합하면서 저희는 몇 가지 미묘한 점을 발견했습니다."

이혁은 소파에 파묻었던 등을 세웠다.

방만한 자세로 듣고 있기에는 그를 보는 테일러의 눈 빛이 너무 진지했다.

그가 말했다.

"눈에 힘 좀 빼. 남자가 그렇게 보니까 부담스러워."

이혁의 말에 테일러는 혀를 찼다.

"웃으라고 한 말입니까?"

"안 웃겼어?"

"언제 들어도 보스의 농담은 썰렁합니다."

이혁은 뺨을 긁적였다.

"그러게 말이야. 유머 감각이라는 게 영 늘지를 않 네."

"포기하시는 게 보스는 물론이고 듣는 사람들의 정신 건강에도 이롭습니다. 보스는 유머를 발휘할 타이밍을 잡는 센스가 무한히 제로에 수렴되는 남자입니다. 이런 난세를 헤쳐 나가기 위해서는 주제 파악을 잘하셔야 합 니다."

"심장을 후벼 파는 말이로구만."

이혁은 가슴을 움켜쥐며 테일러를 노려보았다.

테일러는 아무렇지도 않은 표정으로 이혁의 강렬한 시

선을 받아넘겼다.

"중국 속담에 좋은 약은 입에 쓰다는 말이 있다고 합니다. 서양에도 비슷한 속담이 있죠."

이혁은 항복했다.

"잘났어, 테일러. 하던 말이나 계속해."

테일러의 입가에 다시 희미한 미소가 떠올랐다.

소중하게 여기는 역린들만 건드리지 않는다면 이혁은 다루기 쉬운 청년이라 할 수 있었다.

테일러가 입을 열었다.

"우리는 보스가 추측했던 것처럼 '가네무라 슈이치'와 대전 남부 폐허의 '혈륜'이 관련되어 있다는 것을 알아냈습니다. 이것이 그에 대한 자료입니다."

말과 함께 그는 파일에 철해져 있는 서류 몇 장을 건넸다.

이혁은 그것을 펼쳐 보았다

서류에는 테일러가 내린 결론의 근거가 된 자료들이 도표와 그림, 그리고 간단한 설명과 함께 잘 정리되어 있었다.

군더더기가 전혀 없이 핵심만 나열된 서류는 구구절절하게 설명이 긴 걸 싫어하는 이혁의 취향을 고려해서 만들어졌다.

테일러의 말이 이어졌다.

"1943년 말부터 1945년 초까지, 대전 지역에서 가네무라가 목격되었다는 기록이 있습니다. 증인도 있었습니다만 그는 5년 전 실종되었습니다."

이혁의 눈이 가늘어졌다.

"실종?"

"그즈음 증인의 주변에서 태양회의 히트맨들이 움직인 정황이 있습니다. 사망한 기록은 없습니다만, 증인은 살해당한 것으로 추정됩니다."

"그리고?"

"타이요우의 후지와라 가문은 2십여 년 전 일본에서 가네무라가 남긴 연구 자료의 일부를 발견하고 그 내용을 실현하기 위해 막대한 투자를 진행했습니다. 그 사업의 책임자가 후지와라 다이키였습니다."

"'그 자료'에 들어 있던 것이 '혈륜'에 대한 것이었겠군."

이혁의 말을 받은 건 테일러가 아니라 에이단이었다.

"맞습니다, 켄."

이혁이 시선을 에이단에게로 돌렸다.

타이요우에 대한 내용은 테일러의 능력으로도 알기 어려운 것이었다. 그 부분은 독수리의 발톱과 CIA가 넘겨준 자료에 들어 있었을 터였다.

에이단이 눈을 빛내며 말을 이었다.

"하지만 다이키는 '혈륜'을 돌리는 데 실패했습니다. 가네무라가 남긴 자료가 불완전했기 때문이죠. 그런데 그 부분을 조사하던 중에 우리는 미묘한 점을 발견했습니다."

"뭐지?"

"켄이 무역 전시관에서 싸웠던 괴물들은 다이키의 연구실에서 탈출한 것들이었죠. 그리고 그것들은 불완전한 '혈륜'에 의해 각성된 자들이 맞습니다. 그런데 우리 독수리의 발톱이 후지와라 가문에 심어둔 사람으로부터 구한 정보에 의하면 본래 다이키는 '혈륜'을 돌릴 수 없었어야 했습니다."

이혁의 이마에 주름이 잡혔다.

"그게 무슨 소리야?"

"켄도 알다시피 본래 '혈륜'은 불멸자에 대한 연구 분야에서 두 가지의 권능을 얻기 위한 절차를 가리키는 용어입니다. 하나는 '완전한 치료'이고 두 번째는 '초상능력의 강제 각성'입니다."

이어지는 에이단의 음성은 맑고 힘이 있었다.

"그런데 가네무라가 남긴 자료에는 '혈륜'의 첫 번째 절차만 기록되어 있었을 뿐 두 번째는 뜬구름 같은 암시 외에 정확한 내용이 적혀 있지 않았습니다. 그런데 무역 전시관의 괴물들은 '혈륜'의 두 번째 절차에 의해 불완전하게나마 각성되어 나타났죠."

이혁의 안색이 돌처럼 굳어졌다.

에이단이 하고 있는 얘기의 의미는 결코 가볍지 않았다.

그가 딱딱해진 음성으로 물었다.

"다이키조차도 모르게… '혈륜'의 두 번째 절차를 진행시킬 수 있는 제삼의 인물이 은밀하게 개입했다는 거냐?"

대답은 테일러가 했다.

"그렇게밖에 해석할 수 없다고 생각합니다, 보스."

이혁은 눈살을 와락 찌푸렸다.

"마스터도 가볍게 여기지 않는 타이요우의 후지와라가 남의 손에 놀아났다고? 그게 말이 되나?"

"믿어지지 않는다고 해서 가능성을 배제할 수도 없습니다."

테일러의 목소리는 또렷했다.

자신의 판단에 확신을 갖고 있다는 걸 알 수 있었다.

방 안에 처음의 안색을 유지하고 있는 사람은 리마뿐이었다.

그녀는 다른 사람들이 무슨 말을 하든 전혀 관심 없다는 기색을 역력하게 드러내며 두 손으로 이혁의 팔을 꼭 잡고 그의 어깨에 몸을 기대고 있었다.

이혁이 미간을 찡그린 채 물었다.

"다이키 몰래 '혈륜'으로 능력을 각성시킬 수 있는 자가 세상에 있었나? 그게 대체 누구야?"

이번 대답은 에이단이 했다.

"파라켈수스의 죽음 이후 사라졌던 불멸인자 연구 자료는 흩어진 채 여러 초인 가문의 손으로 흘러들어 가 주인을 계속해서 바꿨습니다. 그러다가 18세기 중엽, 독일의 초인 가문 마이야가의 당주 미하엘 폰 마이야의 손에 들어갑니다. 그가 '혈륜'이라는 개념을 처음으로 정립한 사람입니다."

"마이야 가문?"

이혁의 눈이 빛났다.

들어본 적이 있는 이름이었다.

에이단이 웃으며 말했다.

"알고 계시는군요."

"그 가문이라면 분명… 무스펠하임의……."

에이단이 고개를 끄덕였다.

"맞습니다, 켄. 무스펠하임의 왕녀라 불리는 여인, 클라우디아 폰 마이야의 가문입니다. 실질적으로 무스펠하임의 뿌리부터 줄기까지 만들었다고 해도 과언이 아닌 가문이기도 하죠."

"흠……."

이혁은 인상을 쓰며 고개를 모로 꼬았다.

그가 중얼거렸다.

"이상한데… 그럼 에이단은 마이야 가문에서 다이키의 실험에 몰래 개입했다고 생각하는 건가?"

에이단은 고개를 저었다.

"그건 아닙니다."

"왜?"

"'혈륜'의 개념을 처음 정립하고 두 가지 절차에 대한 연구를 진행한 사람이 미하엘 폰 마이야라는 걸 아는 사람은 지금까지도 우리 마스터뿐입니다. 마이야 가문에서도 모릅니다."

이혁이 눈살을 찌푸리며 물었다.

"어떻게 그럴 수가 있지?"

"미하엘이 자신의 연구를 가문에 공개하기 전에 죽었기 때문이죠."

"죽어?"

"예."

"자세히 말해봐."

"19세기 초, 마이야 가문의 상속자이자 수백 년에 한 명 나올까 말까 한 천재였던 볼프강 폰 마이야는 유럽에 유학을 왔던 일본인의 천재성에 반해 그와 친구가 됩니다. 그리고 함께 불멸인자 연구를 하게 됩니다. 덕분에 그 일본인은 상상도 하지 못했던 자료를 손에 넣을 수 있었죠."

이혁의 안색이 변했다.

그는 얼마 전 이와 비슷한 이야기를 들은 적이 있었다.

그의 입술 사이로 낮은 목소리가 흘러나왔다.

"이시이 시로……."

에이단이 고개를 끄덕였다.

"알고 계시는군요. 맞습니다, 그 사람입니다. 하지만 이 세상의 초인 가문들은 그가 불멸인자 연구 자료를 손에 넣었다는 것을 1940년대가 되어서야 알게 됩니다. 볼프강은 이시이 시로와의 공동 연구를 비밀에 부친 채 진행하다가 이시이 시로에게 암살당했습니다. 일본으로 돌아온 이시이 시로는 철저하게 자신을 숨겼고, 초인 가문들은 그가 731부대에서 수십만 명을 대상으로 생체실험을 하기 전까지 그의 정체를 알아차리지 못했습니다."

"그래서 마이야 가문은 아직도 그걸 모르고 있다는 건가?"

에이단은 웃으며 고개를 저었다.

"예, 이시이 시로가 불멸인자 연구 자료를 얻게 된 과정을 아는 건 이 세상에 마스터뿐입니다. 2차 대전이 끝날 때 처벌하지 않는 조건으로 이시이 시로가 연구한 대부분의 자료가 미국 정부로 넘어온 덕분이죠."

"거참……."

이혁은 혀를 찼다, 정말로 세상은 요지경이라 생각하면서.

그가 에이단에게 물었다.

"5년 전, 대전 사건의 배후에 어떤 식으로든 이시이 시로의 손길이 닿았다는 말이냐?"

"생각할 수 있는 가능성은 그것뿐입니다, 켄."

"그럼 이시이 시로가 죽은 척 위장하고 뒤로 호박씨를 무진장 까고 있었다는 거로군."

공식적으로는 이시이 시로는 1959년 10월 9일 도쿄에서 식도암으로 사망했다고 알려져 있다.

죽은 지가 반세기도 훌쩍 지난 인물인 것이다.

테일러가 이혁의 말을 받았다.

"이시이 시로가 미하엘과 함께했던 불멸인자 연구의 성과 중 일부라도 현실에서 구현했다면 반세기 정도의 삶을 연장하는 건 아무것도 아닐 겁니다. 보스 주변에도 그런 분들 여럿 계시잖습니까?"

"그건 그렇지, 쩝……."

테일러가 힐끗 브렛과 헤나에게 시선을 주며 입을 열었다.

"대전 사건의 미묘한 점은 그뿐만이 아닙니다. 브렛과

헤나는 그곳을 조사한 후 보스가 싸운 괴물들이 다이키가 만든 게 아니라는 결론을 내렸습니다."

이혁의 눈썹이 꿈틀거렸다.

"알아듣게 설명해 봐."

"그 설명은 제가 했으면 해요."

헤나가 손을 들었다.

이혁이 눈짓으로 허락의 뜻을 표하자 그녀가 입을 열었다.

"타이요우에는 타이료오바타라는 전투 조직이 있다는 건 켄도 알고 있죠?"

이혁은 고개를 끄덕였다.

헤나가 말을 이었다.

"정확한 숫자는 파악되지 않지만 대략 4십에서 5십 명가량으로 알려진 그들은 전원 전투에 특화된 초상능력자들이에요. 그들은 혼자 일개 대대병력을 상대할 수 있다고 알려져 있죠. 우리는 그들 중 서열 3위 안에 드는 자들이 혼자서 여단급 병력을 궤멸시킬 수 있는 전투력의 보유자라고 보고 있어요."

"휘이이익— 꽤나 쓸 만한 놈들이군."

이혁은 휘파람을 불었다.

헤나가 그런 그를 향해 말했다.

"조만간 켄과 한판 붙어야 할지도 모르는 자들이기도

하죠. 아무튼 저와 브렛은 대전 사건 당시의 동영상과 폐허의 흔적, 그리고 타이료오바타 대원들을 면밀하게 비교 분석하며 조사했어요."

이혁이 진중한 눈빛으로 말을 받았다.

"그 결과가 대전 사건의 괴물들은 타이요우가 만든 것이 아니라는 것이고?"

"맞아요."

헤나의 대답은 확신에 차 있었다.

"타이요우가 가진 초인 연구의 결과물들은 타이료오바타 대원들의 몸에 최우선적으로 구현돼요. 하지만 대전 사건 당시 찍힌 동영상에 나타난 괴물의 특성은 타이요우의 초상능력자들에게서는 전혀 보이지 않아요."

그녀는 눈을 빛내며 말을 이었다.

"인성의 실종, 그것을 대체하는 무시무시한 살기에 잠식된 정신과 육체, 그리고 죽어버린 세포조직. 그럼에도 폭발적인 살의만으로 움직이는 근육들. 이건 타이료오바타와 아무런 상관이 없어요. 둘은 완전히 다른 과정을 거쳐 만들어진 존재라는 걸 알 수 있죠."

이혁은 헤나의 의견에 온전하게 동의했다.

이 세상에서 그 괴물들을 만들어낸 자 외에 그들의 특성을 그보다 더 잘 아는 사람은 없다.

그는 괴물들을 해체(?)시킨 당사자가 아니던가.

헤나의 말이 계속되었다.

"대전 남부에 있는 다이키의 폐허 지하에 남아 있는 흔적들은 우리의 결론이 틀리지 않았다는 것을 말해주었 어요. 지하 연구 시설과 시신이 들어 있던 것으로 추정되 는 부서진 유리관, 그리고 비밀 통로는 아무리 적게 잡아 도 만들어진 지 60년이 넘은 것이에요. 다이키가 태어나 기도 전에 만들어진 것이죠."

이제 이혁은 헤나를 비롯해서 테일러와 에이단의 팀이 무엇을 말하고자 하는지 감을 잡을 수 있었다.

그가 무거운 음성으로 입을 열었다.

"대전의 그 폐허가 가네마루 슈이치가 남긴 것이라고 추정된다는 말을 하려는 건가?"

대답은 테일러가 했다.

"그렇습니다, 보스."

"그 때문에 종전 직전에 가네마루가 대전에서 목격되 었다는 것이고?"

"폐허에 남아 있는 유류물들이 그 사실을 뒷받침하고 있습니다."

이혁은 팔짱을 끼며 잠시 눈을 감았다.

이 자리에 있는 사람들 중 그의 아이큐가 가장 낮았다. 하지만 그건 다른 사람들이 천재급의 두뇌를 보유하고 있어서였지, 그가 바보라서가 아니었다.

평범한 사람 중에 있으면 그도 영재 소리를 들을 만한 두뇌의 소유자인 것이다, 머리를 쓰는 걸 별로 좋아하지 않아서 그렇지.

하지만 이 자리에서 그는 두뇌 용량이 허락하는 한도 내에서 전력을 다해 생각하고 있었다.

부하들의 보고도 이해를 하지 못하는 보스가 될 수는 없는 노릇이 아닌가.

그가 입을 열었다.

"내가 알기로 가네마루 슈이치는 731부대의 창설 멤버였고, 종전 직전까지 그곳에서 이시이 시로와 함께 연구를 했다. 그가 1943년부터 다음 해 초까지 대전에 1년 가까운 시간 동안 머무르며 폐허의 시설을 만들었다면 그의 독단적인 결정이었을 리는 거의 없을 거다."

테일러 등은 고개를 끄덕였다.

이시이 시로는 극단적일 정도로 권위적인 성격이었다고 알려진 자다.

그런 자가 자신의 휘하에 있던 가네마루의 독단적인 행동을 허락했을 가능성은 전무했다.

이혁이 말을 이었다.

"그리고 타이요우가 가네마루 슈이치의 연구 자료를 얻었다는 것도 수상해. 종전 이후, 그자의 종적은 완전히 사라졌어. 그래서 사진 속에 남아 있는 그의 흔적만으로도 거대 조직들이 흥분하는 것이고. 그런데 어떻게 타이요우의 손에 그것이 들어갔을까? 그 과정을 아나?"

그의 질문은 에이단을 향한 것이었다.

이 세계에서 타이요우에 대한 정보를 가장 많이 갖고 있는 조직은 독수리의 발톱이었다.

두 조직의 근거지는 모두 미국에 있고, 때문에 미국 정부는 이들이 가지고 있는 정보를 많이 알고 있었다.

같은 이유로 두 조직도 미국 정부 내에 강력한 인맥을 형성해 놓았다. 그렇지만 국가 정보에 더 자유롭게 접근할 수 있는 인맥은 독수리의 발톱이 훨씬 강력했다.

공식적으로는 언제나 부정하지만 그들과 미국 정부가 한 몸이나 다름없을 정도로 관계가 밀접하다는 건 공공연한 비밀이었다.

에이단은 어색한 표정으로 콧잔등을 어루만졌다. 할 말이 마땅치 않을 때 보이는 그의 습관이었다.

이혁이 눈살을 찌푸렸다.

"말하기 곤란해? 내가 우물쭈물거리는 거 얼마나 싫어하는지 알잖아. 짜증 게이지 올라간다. 어서 불어."

에이단이 한숨과 함께 어쩔 수 없다는 표정으로 입을 열었다.

"우리가 5년 전 다이키가 한국에 들어가 모종의 실험을 하고 있다는 정보를 입수한 건 사실입니다. 그래서 마스터의 명으로 제이슨과 우리가 대전에 갔던 것이고요. 하지만 그것이 가네마루의 연구와 관련이 있다는 걸 파악한 건 켄이 미국으로 온 이후였어요. 그전에 다이키의 연구가 가네마루와 관련된 것이라고는 생각도 하지 못했습니다. 알았다면 무역 전시관 사건이 터지기 전에 손을 썼을 겁니다."

이혁은 에이단이 거짓말을 하고 있지 않다는 것을 알았다.

제이슨이 레나와 에이단을 데리고 대전으로 내려온 건 무역 전시관 사건이 터진 후라는 것을 알고 있었기 때문이다.

그가 물었다.

"그건 그렇다 쳐도 5년 동안 놀고 있었어? 알아낸 게 있잖아. 없다고 말하지 마라, 안 믿을 거니까."

이혁의 막무가내에 에이단은 또 콧잔등을 어루만졌다.

그가 입을 열었다.

"대답을 하고 싶지만 정말 몰라요. 단지 타이요우가 일본에서 그것을 얻었다는 게 우리가 아는 전부입니다. 그에 대한 정보는 타이요우도 목숨 걸고 지키는 편이라 후지와라 직계 외에는 아무도 알지 못합니다. 하지만 단서가 아주 없는 건 아닙니다."

"뭔데?"

"그건 조금 있다가 테일러의 얘기를 듣고 말씀드리겠습니다."

"남은 이야기가 또 있어?"

"예."

에이단의 대답을 들은 이혁이 팔짱을 끼며 중얼거렸다.

"어쨌든 일본에서라는 거지."

그가 테일러와 에이단을 번갈아 보며 말을 이었다.

"…지금 둘 다 대전 사건에 이시이 시로가 관련되어 있다고 생각하는 거지?"

테일러와 에이단이 고개를 끄덕였다.

테일러가 굳은 표정으로 말했다.

"믿기는 어렵지만 드러난 증거와 당시의 정황이 모두 그렇게 말하고 있습니다."

"그럼 이시이 시로의 무덤이라도 파봐야 하는 거냐? 하긴 그건 별 의미 없겠군. 그 정도의 놈이 자신과 비슷한 시체 하나 구해서 묻어놓지 못했을 리도 없고……."

"미묘한 점은 또 있습니다, 보스."

테일러의 말에 중얼거리던 이혁이 고개를 돌려 그를 보았다.

"말해."

"이것을 봐주십시오."

테드가 꺼낸 것은 지금 세상의 배후에서 움직이는 초인들을 들끓게 만든 그 사진이었다.

테일러가 사진을 탁자 위에 올려놓으며 말을 이었다.

"원본 사진을 조사한 결과 여섯 인물이 그곳에 모여 행사를 벌인 건 지금부터 대략 7년 전이라는 걸 알 수 있었습니다. 그때 외에는 사진 속 인물들의 동선이 그 지역에서 일치하는 시기가 없었습니다."

"그런데?"

"여섯 명 중 다섯 명만이 그곳에 갔었습니다. 한 명은 그 자리에 있을 수 없었습니다. 그는 당시 사업차 일본에 가 있었으니까요."

이혁의 눈이 커졌다.

"사진이 합성이라고 말하는 거냐?"

"그렇지는 않습니다."

"그게 무슨 소리야?"

테일러의 대답이 이해가 되지 않은 이혁의 언성이 살짝 높아졌다.

"얼굴이 똑같은 다른 사람이 그 자리에 참석한 것이라는 게 저와 에이단의 의견입니다."

이혁의 안색이 딱딱해졌다.

테일러의 말에는 여러 가지 의미가 함축되어 있었다.

그가 무겁게 굳은 얼굴로 물었다.

"테일러, 지금 한 말이 무슨 의미인지 알고 있겠지?"

"예, 보스."

"그 사진을 조작한 자에게 테드는 물론이고 나까지 이용당하고 있다는 거냐?"

"불행하게도… 그렇게밖에는 해석할 수 없는 상황입니다, 보스."

테일러는 가볍게 입을 놀리는 남자가 아니다.

이혁의 눈빛이 무서울 정도로 강해졌다.

"누구냐, 그자가."

잠긴 듯 탁한 목소리가 지금 그의 기분이 어떤지를 극명하게 말해주었다.

테일러는 사진 속의 한 노인을 검지로 짚었다.

"이자입니다."

사진 속 인물들의 정체는 이미 전부 파악된 뒤다.

이혁이 중얼거렸다.

"김충호? 지하경제의 대부라 불리는 놈?"

"예."

짧게 대답한 테일러가 말을 계속했다.

"이 모임 당시 김충호는 일본의 내각 정보 조사실에 근무하는 요시오라는 인물을 만나고 있었습니다."

그의 시선이 에이단을 향했다.

에이단이 기다렸다는 듯이 입을 열었다.

"요시오의 동태를 감시했던 CIA의 자료가 남아 있어서 그 사실을 알 수 있었습니다. 제이슨 덕분에 그 자료를 얻었죠. 그리고 조금 전에 후지와라 가문이 가네무라의 연구 자료를 어떻게 손에 넣었는지 단서가 있다고 말씀드렸는데 기억하시죠?"

이혁은 고개를 끄덕였다.

에이단이 말을 이었다.

"그게 요시오라는 자입니다. 그는 후지와라 가문의 가신이나 다름없는 인물입니다. 어릴 때부터 후지와라 가문의 후원을 받으며 엘리트 코스를 밟고 내각 정보 조사실에 들어간 자이니까요."

"그런 놈을 김충호가 만났다는 거냐?"

"예, 켄이 테드로부터 사진을 얻기 전에 요시오와 가네무라의 연구 자료를 연결할 수는 없었습니다. 그럴 수 있는 근거가 하나도 없었으니까요. 하지만 이제는 다릅니다. 가네무라의 흔적이 남아 있는 사진 속 인물과 요시오가 만난 이상 가능성이 생긴 거죠."

그가 침을 삼키며 말을 이었다.

"한 가지 걸리는 점은 후지와라 가문이 자료를 얻은 시기가 김충호와 요시오의 만남보다 훨씬 오래전으로 보인다는 겁니다. 하지만, 만약 김충호와 요시오의 관계가 이전부터 밀접했다면 그 의문도 해결됩니다."

"충분히… 이상하군……."

이혁의 눈빛이 깊은 밤바다처럼 어둡게 가라앉았다.

그가 테일러에게 물었다.

"지금 김충호와 요시오의 행적은 파악됐나?"

"그게……."

"왜?"

"둘 다 석 달 전부터 공식적인 자리에 모습을 보이지 않고 있습니다. 쓸 수 있는 방법을 모두 동원해 보았는데 발견할 수 없었습니다."

"그럼 실종?"

"예."

"재미있군."

이혁은 잇새로 말을 흘리며 자리에서 일어났다.

대화는 끝이 났다.

그의 뇌리에 두 사람의 이름이 소용돌이치듯 떠돌았다.

'이시이 시로… 김충호…….'

제8장

"별 기대하지 않았는데 그 장난감이 도움이 많이 되네."

이수하는 조수석의 윤성희가 손안에 들린 기기를 조작하는 모습을 보며 환하게 웃었다.

윤성희도 동감인 듯 피식 웃으며 고개를 끄덕였다.

그녀가 손에 들고 있는 건 드론, 혹은 헬리캠이라고 불리는 소형 비행 장치의 조종기였다.

저렴한 장난감과는 다르게 그녀가 들고 있는 조종기는 상당히 컸다.

그리고 무선으로 연결된 고글이나 어플로 영상을 수

신하는 제품과는 다르게 조종기에 직접 영상을 수신하는 5인치 크기의 LCD 화면도 붙어 있었다.

두 여자가 보고 있는 화면에는 이자룡이 경호원들과 함께 어느 집의 현관문으로 들어서는 장면이 보였다.

윤성희는 이자룡이 집을 나온 직후 헬리캠을 띄웠다.

이후 계속해서 그녀가 들고 있는 조종기의 화면에 그의 모든 움직임이 영상으로 수신되고 있었다.

상당히 높이 떠 있는 헬리캠의 영상 장비는 줌인과 줌아웃까지 조작이 가능했다.

이건 윤성희가 가져온 것으로 장난감이라 불리기에는 억울할 정도로 다양한 고급 기능을 장착한 물건이었다.

이수하가 윤성희를 보며 입을 열었다.

"네 정보가 정확한 것 같아, 정말로 이자룡이 이 시간에 나온 걸 보면."

윤성희가 웃으며 고개를 끄덕였다.

"내 정보원은 정부와 민간 양쪽에 걸쳐서 최고급 정보에 대한 접근이 가능한 사람이야."

"그런데 정말 이자룡이 만나는 자가 이 나라에 큰 화를 끼칠 인물이라는 거, 믿을 만해? 그것 때문에 여기서 이 지랄을 떨고 있는 거잖아."

이수하의 질문에 윤성희는 단호한 얼굴로 대답했다.

"믿어도 좋아."

"네가 그렇게까지 말하는 걸 보니까 신빙성 없는 정보는 아닌 것 같다만……."

이수하가 반듯한 이마에 몇 개의 주름을 잡으며 말을 이었다.

"아무튼 이자룡이 100미터도 떨어져 있는 않은 저택이라서 차를 타지 않고 걸어간 건 이해가 되는데… 성희야, 대체 저기가 어떤 놈의 집이기에 이자룡 정도 되는 거물이 오라고 하지 못하고 제 발로 찾아간 걸까?"

"이자룡이 누군가를 만나러 간다는 것 이외엔 나도 다른 얘기를 듣지 못했어."

윤성희도 의혹이 가득한 눈으로 이자룡의 널따란 등판을 뚫어져라 쳐다보았다.

두 여자의 의문은 당연한 것이었다.

태룡의 서복만이 사라진 후 이 나라의 밤을 홀로 지배한다는 이자룡을 이 밤늦은 시간에 걸어서 찾아오게 만들 수 있는 인물은 거의 없는 것이 현실이었으니까.

현관문 안으로 들어선 이자룡은 검은색 슈트를 말끔하게 차려입은 사십 대 중년 남자의 안내를 받았다.

저택을 둘러싼 담장은 2미터가 넘었고, 그 안에는 두 개의 건물이 있었다.

본채인 2층 구조의 건물의 한 층은 100평을 훌쩍 넘을 정도로 넓었다. 그 옆의 작은 건물도 30평이 넘는 듯했다.

출입문에서 저택의 현관까지는 30미터 이상. 그 사이의 넓은 정원은 잘 꾸며져 있었다.

휘잉이익—

이수하가 휘파람을 불며 말했다.

"대저택이네. 집주인이 어떤 놈이기에 저런 곳에서 사는 거야?"

윤성희가 조종기를 조작하며 이수하에게 말했다.

"저 집 주소 좀 따봐."

그 정도야 어려운 일이 아니다.

이수하는 곧 인터넷상의 지도에서 이자룡이 들어간 집의 주소를 얻어낼 수 있었다.

그녀는 윤성희에게 스마트폰에 떠 있는 주소를 보여주었다.

안내를 받은 이자룡이 2층 저택의 현관문 안쪽으로 사라지자 윤성희는 조종기를 한손으로 조작하며 다른 손으로 스마트폰을 꺼냈다.

그리고 이수하의 스마트폰에 뜬 주소를 보며 능숙하게 자판을 조작해 어딘가로 문자를 보냈다.

그녀가 이수하를 돌아보며 말했다.

"기다려 봐. 곧 연락이 올 거야."

"어디서?"

"알면 다쳐."

윤성희의 장난기 어린 대답에 이수하가 인상을 썼다.

"미친년."

"호호호."

낮게 웃은 윤성희는 다시 조종기의 화면으로 시선을 옮겼다. 그녀가 조종기를 이리저리 만지자 헬리켐이 회전하며 담장 안쪽의 광경을 화면으로 전송해 왔다.

영상을 보며 산전수전 다 겪은 두 여자도 혀를 내둘렀다.

윤성희가 중얼거렸다.

"청와대도 여기보다는 덜 하겠다. 무슨 감시 카메라하고 경비원들로 도배를 해놨네. 투명인간도 못 들어가겠어."

담장은 물론이고 저택의 1, 2층 지붕에 5미터 정도의 간격으로 설치된 감시 카메라가 보였다.

2인 1조를 이룬 경비원들도 10미터 간격으로 일정한 거리를 왕복하며 경계를 섰다.

정원에 풀린 경비원 숫자만 스무 명은 되는 듯했다.

그녀의 의견에 이수하도 전적으로 공감했다.

"돈지랄도 정도껏 해야지. 저 지경이면 인해전술이라고 해도 되겠다. 그리고 경비원들 품이 불룩한 걸 보니까 총도 가진 것 같은데… 경비 수준이 너무 심한데? 대체 어떤 놈 집이지?"

그녀의 얼굴은 진지해져 있었다.

직업 특성상 그녀는 수사를 하며 이 나라에서 손꼽히는 거물들의 집을 많이 방문했었다. 하지만 그런 그들의 저택 중에도 저 정도로 경비가 삼엄한 곳은 없었다.

5분이 지나도 저택의 풍경은 변하지 않았다.

눈이 빠져라 조종기의 화면을 보던 윤성희가 움찔했다. 휴대폰에서 몇 번의 진동이 왔던 것이다.

기다렸던 문자가 와 있었다.

이수하가 물었다.

"저 집에 대한 거야?"

"응."

윤성희가 고개를 끄덕였다.

이수하는 잔뜩 궁금한 기색으로 물었다.

"뭐래?"

"이정군이라는 자의 집으로 되어 있다는데……."

"이정군? 뭐하는 놈이야?"

"공식적으로는 고미술품상이라고 알려져 있는데 실제로 하는 일은 무기 로비스트인가 봐. 방산업체 쪽에는 꽤 알려진 로비스트계의 거물이라는군."

윤성희의 대답에 이수하는 인상을 잔뜩 쓰며 중얼거렸다.

"무기 로비스트? 그쪽 방면으로 아무리 거물이라 해도 이자룡이 그따위 놈을 이 밤에 직접 만나러 갔다고? 사적인 만남이라고 하기엔 시간이 너무 늦었고, 비즈니스라면 부하를 시켜도 되는 거잖아. 이상해… 너는 이해가 돼?"

그녀의 질문에 윤성희는 고개를 저었다.

"안 돼."

"그럼 이정군이라는 놈이 누군지는 몰라도 진짜 하는 일은 따로 있다고 봐야겠네, 이자룡이 직접 방문할 가치가 있는."

윤성희도 선선히 동의했다.

"그렇겠지."

"흠, 어떻게 알아봐야 할까……."

이수하는 고민하는 얼굴이 되었다.

윤성희가 힐끗 그녀를 보며 조심스럽게 입을 열었다.

"일단 내가 아는 분한테 이정군에 대해서 알아낼 수 있는 모든 정보를 구해달라고 부탁은 해놨는데. 저 안으로 직접 침투해서 알아보는 게 필요하지 않을까 싶어."

"그게 확실한 방법이긴 하지만 저런 철옹성을 어떻게 뚫고 들어간다는 거야?"

이수하는 헬리캠이 보내왔던 영상의 경비 시스템을 떠올리며 혀를 내둘렀다.

윤성희가 이수하의 눈치를 살피며 조심스럽게 말했다.

"이혁 씨에게 부탁하는 게 어떨까? 그러면 방법을 찾을 수 있지 않을까 싶은데……."

"그놈한테?"

이수하는 눈살을 와락 찌푸리며 반문했다. 별로 내키지 않는다는 기색이었다.

그녀의 기분이 어떤지를 누구보다 잘 아는 터라 윤성희는 그녀의 손을 가만히 잡으며 말했다.

"그의 능력이 어떤지는 너도 잘 알잖아. 그러면 분명 저곳에서 우리가 알고 싶은 정보를 찾아낼 수 있지 않을까?"

"그놈이라면 물론 가능성이 충분하지……."

이수하는 잠시 생각에 잠겼다.

그때 이자룡이 문을 열고 밖으로 나오는 장면이 화면으로 전송되어 왔다.

줌인을 최대로 하자 어렴풋하게나마 그의 얼굴이 잡혔다. 그는 이를 드러내고 있었는데 만족스럽게 웃고 있는 것처럼 보였다.

이수하와 윤성희는 동시에 인상을 쓰며 서로의 얼굴을 보았다.

윤성희가 중얼거렸다.

"저 자식 표정, 정말 맘에 들지 않아."

이수하가 말을 받았다.

"아무래도 그놈한테 부탁해 봐야 할 것 같네……."

바라던 바라 윤성희는 한결 밝은 얼굴이 되어 이수하를 와락 끌어안으며 그녀의 귀에 대고 소리쳤다.

"대찬성!"

*   *   *

노인이 앉아 있는 의자의 뒤에서 걸음을 멈춘 노승호는 허리를 직각으로 꺾었다.

"다녀왔습니다."

"어떻더냐?"

노인의 입에서 나온 목소리는 나이를 짐작하기 어려울 만큼 맑고 힘찼다.

노승호가 대답했다.

"기대하셨던 대로 일이 진행되었습니다. 이수하는 이혁에게 연락을 할 겁니다. 그리고 그녀의 연락을 받은 이혁이 정보를 무시하기는 어려울 것입니다."

노인은 고개를 끄덕였다.

"이자룡은 태룡회를 무너뜨린 후 서복만의 뒤를 봐주던 태양회의 우산 아래로 들어갔다. 그 사실을 아는 이혁이 태양회의 상부로 통할 수 있는 연결 고리로 보이는 단서를 묵살할 리는 없지."

"그렇습니다."

노인의 얼굴에 기꺼워하는 기색이 어렸다.

"그 아이가 생각보다 많이 잘해주고 있어."

노승호의 입가에도 미소가 어렸다.

"소모품으로 쓰려고 거두었던 녀석인데 제가 생각했던 것보다도 훌륭하게 역할을 해주고 있어서 놀랍기까지 합니다."

"버리기에는 영리한 아이다, 아까워."

"사태의 추이를 보면서 결정하시죠."

"그렇게 하자. 인재를 아끼지 않는다면 누가 내 옆에 붙어 있으려 하겠느냐."

노승호는 대답 없이 허리를 숙였다.

대답은 불필요했다.

노인은 입을 다물고 생각에 잠겼다.

오랜 기다림의 끝이 다가오고 있다는 느낌이 그의 식어버린 심장에 뜨거운 열기를 불어넣고 있었다.

＊　　　＊　　　＊

백금발 청년은 뒷짐을 지고 천천히 거대한 응접실을 거닐었다. 커튼이 젖혀진 창밖으로 새벽안개에 젖어 싱

그리움을 가득 머금은 정원의 모습이 보였다.

조각처럼 아름다운 얼굴과 균형 잡힌 장신의 그가 금빛의 화려한 수가 놓인 흰 가운을 걸치고 거니는 모습은 한 폭의 그림처럼 아름다웠다.

그래서인지 공손히 두 손을 모은 채 그를 보는 사토의 눈에 떠오른 몽롱한 경외감은 전혀 이상해 보이지 않았다.

"사토."

"예, 주인님."

"야지마 아키라가 너무 조용한 것 같구나. 무엇을 하고 있다더냐?"

"은인자중하며 한국 내의 인맥을 동원해 이혁의 주변을 조사하고 있습니다."

백금발 청년이 고개를 갸웃했다.

"아키라가 신중한 자이긴 해도 정도가 심하다는 생각이 드는구나."

"얼마 전 대전에서 앙천이 보낸 자들과 무스펠하임의 초인들이 이혁과 독수리의 발톱이 연합한 힘에 의해 궤멸된 후 좀 더 신중해진 것이 아닌가 합니다."

백금발 청년의 입가에 희미한 비웃음이 떠올랐다.

"칼을 신봉하는 자라 닭 쫓던 개가 지붕 쳐다보는 격이 될 수도 있다는 속담을 알고는 있는지 모르겠구나."

"그렇게 어리석은 자로는 보이지 않았습니다, 주인님."

"네가 제대로 보았기를 바란다, 후후후."

느릿하게 움직이던 백금발 청년은 창가에서 걸음을 멈췄다.

높은 담장 너머로 정상 부근이 흰 구름에 휩싸인 후지산의 장엄한 모습이 시야에 들어왔다.

그가 나직한 목소리로 중얼거렸다.

"가네무라 슈이치… 진정 네가 살아 있는 것이더냐……."

들릴 듯 말 듯 입술을 달싹이는 그의 두 눈에 소름 끼치는 붉은 기운이 어렸다.

그것은 말로 형용할 수 없을 정도로 강렬한 살기였다.

"사토."

"예, 주인님."

"한국으로 가야겠다."

"예?"

생각지도 못했던 뜻밖의 말에 사토는 고개를 번쩍 들었다. 그가 조심스럽게 되물었다.

"주인님, 그러실 필요까지 있겠습니까?"

반문하는 경우가 거의 없는 그의 반응에 백금발 청년은 빙그레 웃으며 말했다.

"아무래도 슈이치가 한국에 은신하고 있는 것 같다. 한국에서 벌어지는 상황을 제어하는 건 이곳에서도 충분하지만, 오래전 내 물건을 훔쳐 갔던 그 쥐새끼의 목을 직접 따는 건 그곳에 가야만 가능한 일이 아니겠느냐."

백금발 청년의 마음을 이해한 사토는 고개를 숙였다.

"즉시 준비하겠습니다, 주인님."

입을 굳게 다문 채 후지산에 시선을 주고 있는 백금발 청년의 등을 잠시 바라보던 사토는 몸을 돌렸다.

응접실을 나서는 그의 걸음이 조금씩 빨라졌다.

최근의 한국 내부는 용담호혈이나 다름없었다. 준비해야 할 것들이 많은 것이다.

*　　　　*　　　　*

[혁아, 네가 고집을 부려서 이번 일에 동의하긴 했지만 나는 여전히 내키지 않아. 왠지 감이 안 좋아서. 그러니까… 조심해.]

휴대폰에서 가늘게 흘러나오는 시은의 목소리는 걱정스러운 기색이 완연했다.

이혁은 귀에 댄 휴대폰을 고쳐 잡으며 싱긋 웃었다.

"알았어. 조심할게."

긴장감이라고는 한 톨도 느껴지지 않는 덤덤한 말

투다.

[대답에 영혼이 없잖아!]

시은의 목소리가 높아졌다.

[샅샅이 조사했지만 이정군이라는 작자가 태양회와 관련되어 있다는 증거는 찾지 못했어. 이자룡이 그자를 만난 과정과 내가 단시간에 그의 배후를 찾아내지 못한다는 것이 충분히 이상하고 의심스럽다는 것에는 나도 이견이 없어. 하지만 그것만으로 그자가 태양회 소속의 요인이라고 단정 짓는 건 너무 심한 비약이라고 생각해.]

"알아."

이혁은 간단하게 대답하며 주변을 둘러보았다.

그는 회색의 모자를 푹 눌러쓰고 바지 뒷주머니에 손을 찔러 넣은 모습으로 주택가 사이의 골목길을 터벅터벅 걷고 있었다.

그리 빠르지 않은 걸음이었다. 그래도 이 속도로 30분 정도만 더 가면 목적지인 성북동에 접어들 수 있을 터였다.

그는 가볍게 하품하는 시늉을 하며 고개를 좌우로 꺾었다.

밤하늘에 구름은 없었지만 별들은 보이지 않았다.

그런 낭만적인 풍광을 기대할 수는 없었다.

서울이니까.

일정한 간격으로 켜져 있는 가로등과 담장 안쪽의 건물에서 간간이 새어 나오는 불빛 덕분에 길은 어둡지 않았다.

하지만 시간이 자정을 넘기고 있어서인지 비틀거리는 취객들과 연인처럼 보이는 젊은 남녀들이 가끔 보일 뿐, 오가는 사람은 별로 없었다.

이혁을 스쳐 지나는 시선은 몇 개 있었지만 잠시라도 눈길이 머무는 사람은 한 명도 없었다.

사람들의 수가 적어서가 아니었다. 설령 숫자가 많았다 해도 이혁을 주목할 사람은 없었을 것이다.

그는 무영경 이십팔절에 속해 있는 사신암행과 환신장은공(幻身藏隱功)을 펼쳐 사람들의 관심에서 완전히 벗어나 있는 상태였기 때문이다.

환신장은공은 투명인간처럼 빛과 어둠 속에 몸을 숨겨 사람의 시야에서 사라지는 것처럼 보이게 만드는 암향무영과는 궤를 달리하는 은신술의 하나였다.

그것과 암향무영과의 차이는 사람들의 눈에서 사라지느냐 그렇지 않느냐 하는 것에 있었다.

환신장은공은 펼치는 자의 개성과 특징을 없앤다. 그리고 보는 이의 시야에 시전자의 모습을 안개처럼 모호한 형태로 잡히게 만든다.

그래서 지금 이혁의 정면에 있는 사람들조차 그를 보

고 있다는 생각조차 하지 못했다.

당연히 그들의 머릿속에는 그의 흔적이 전혀 남지 않았다.

잡술처럼 보이지만 환신장은공은 무영경 이십팔절 중에서도 가장 난해한 상위 다섯 개 기법 중 하나였다.

그런 만큼 난이도가 암향무영에 비견될 정도로 높아서 이혁도 이것을 완벽하게 터득한 건 1년도 채 되지 않았다.

시은의 목소리가 다시 그의 귓전을 울렸다.

[아무튼… 기왕 하는 일이니까 빈손으로 오지 마.]

이혁은 풀썩 웃었다.

"조심하라는 거야, 말라는 거야?"

[말꼬리 잡으면 어떻게 되는지 벌써 잊은 거야?]

이혁은 움찔했다.

그는 마치 시은이 눈앞에 있는 것처럼 손사래 치면서 말했다.

"설마! 내가 잊을 리가 있겠어, 절대로 못 잊지. 조심할 테니까 마음 놓고 기다리고 있으라고."

자신만만한 목소리로 그가 말을 이었다.

"나 이혁이거든. 어떤 놈이 나를 막겠어!"

[말이나 못하면…….]

시은의 작은 투덜거림을 들으며 이혁은 휴대폰을

껐다.

말은 쉽게 했지만 전화를 끊은 그의 미간에는 세로로 가는 줄이 몇 개나 만들어져 있었다.

시은이 지난 5년 동안 재건한 진혼의 정보망은 예전보다 더욱 뛰어났다.

그럼에도 이정군의 배후를 알아내지 못했다. 가볍게 넘길 일이 아니었다.

비록 이수하로부터 연락을 받은 후 흐른 시간이 하루밖에 되지 않는다고 해도 그것이 변명이 될 수는 없었다.

태양회에 관한 한 진혼의 역량은 국가 정보기관조차 한 수 접어야 할 정도로 뛰어났으니까.

'누나가 걱정하는 게 이해가 간다. 그래서 그자가 어디에 속한 놈인지 더 궁금해. 이 나라에서 그 정도 놈이 속할 조직은 태양회밖에 없어. 하지만 생각지도 못했던 조직에 몸담고 있는 놈일지도 모르지. 곧 알게 되겠지만. 후후후.'

이혁은 미간의 주름을 펴고 소리 없이 웃으며 걸음을 옮겼다.

얼마 지나지 않아 그는 1백여 미터 떨어진 곳에 위치한 목적지에 도착했다.

담장에 둘러싸인 저택 중 본채는 2층이었고, 각 층의 너비가 백 평 이상이었다. 별채도 작지 않았다. 게다가 정원도 넓어서 대지 면적이 3백 평을 넘을 듯했다.

부촌으로 유명한 성북동에서도 흔하지 않은 대저택이었다.

'사진 속 그대로군.'

이혁은 눈살을 찌푸렸다.

담장 위에 5미터 간격으로 설치된 감시 카메라가 시야에 들어왔다. 안쪽에는 인해전술을 방불케 하는 경비원들의 순찰이 있을 것이고. 하지만 그를 막기에는 역부족인 장애물들이었다.

그는 환신장은공을 해제했다.

그리고 암왕경을 끌어 올리며 암향무영을 펼쳤다. 어둠과 하나가 된 그의 모습이 한 가닥 연기처럼 꺼지듯 사라졌다.

이혁은 감시 카메라가 촘촘하게 설치되어 있는 담장을 한 걸음에 뛰어넘고, 순찰조가 득실득실한 정원을 무인지경처럼 통과했다.

경비를 서던 사람과 기계들은 그의 침입을 전혀 알아차리지 못했다.

빠르게 저택에 접근하던 이혁의 움직임이 갑자기 느려졌다. 그리고 정원석이 만든 더욱 짙은 어둠 속에 몸을 숨기고 쪼그려 앉았다.

그는 미간을 좁히며 천천히 저택의 곳곳을 주의 깊게

살피기 시작했다.

그의 얼굴에서는 방금 전까지 떠올라 있던 여유로움이 빠르게 사라지고 있었다. 대신 의혹과 긴장된 기색이 그 자리를 대신했다.

저택은 설계 단계부터 굉장한 공을 들인 것이 역력하게 보일 만큼 아름답고 웅장했다. 하지만 그런 점들이 이혁을 긴장시킨다는 건 말도 되지 않았다.

'구조가······.'

그의 날카로운 시선이 저택의 벽과 창문, 천장, 계단을 비롯한 모든 곳을 샅샅이 훑으며 지나갔다.

잠시 생각에 잠겨 있던 그는 손에 아교라도 바른 것처럼 벽을 짚으며 2층으로 올라갔다.

그곳에도 난간 곳곳에 2인 1조의 경비원이 있었지만 그는 신경도 쓰지 않았다.

경비원들이 암향무영과 사신암행으로 숨긴 그의 기척을 알아차리는 건 불가능했으니까.

면밀하게 2층을 살핀 그의 안색은 더욱 무거워졌다.

평범하게 보이는 건물 곳곳에는 무영경 이십팔절의 기법을 펼쳤을 때 발견될 수밖에 없는 구조적 비틀림과 장치들이 정교하게 숨겨져 있었다.

'이 건물의 정원과 벽은 암룡둔행과 유사비은의 수법으로 침입할 수 있는 여지를 원천봉쇄하고 있다. 모든 창문의 거울과 벽면에 설치되어 있는 탐지 장치들은 암향부동과 사신암행에 대한 대비야. 내가 암왕경에 이르지 않았다면 벌써 발각되었을 거다. 틀림없다. 이 건물은 무영경을 펼치는 자의 침입을 방어하기 위한 설계를 바탕으로 만들어졌어.'

그가 속으로 중얼거리는 말의 의미는 결코 작지 않았다.

'태양회에서 암왕사신류를 알고 있는 자가 있었단 말인가? 하지만 강원도에 있던 그들의 비밀 연구소는 암왕의 침입에 대한 대비가 전혀 되어 있지 않았었는데? 어떻게 된 거지?'

그는 혼란을 느꼈다.

이런 곳에서 만날 것이라고는 꿈에서도 예상하지 못한 난제를 마주한 것이다.

깊게 가라앉은 그의 눈빛이 강렬해졌다.

'이렇게 되면 누나의 예감을 무시할 수 없겠군. 돌아가면 돗자리 펴라고 해줘야겠다. 흐흐흐.'

시은을 생각하자 웃음이 나오며 그답지 않게 긴장했던 기색이 사라졌다.

뜻밖의 장소에서 생각지도 못했던 것들과 조우해서 긴장했을 뿐, 그가 이곳에 있는 자를 두려워하는 건 아니었다. 그럴 이유는 없었다.

겁먹을 그도 아니었고.

그는 입맛을 다셨다.

'이정군, 태양회와의 연관을 떠나서 이제는 무슨 일이 있어도 너의 정체를 알아야만 하겠다. 네가 어떻게 암왕 사신류를 알고 있는지 궁금해서 머리가 터질 것 같거든.'

이혁은 천천히 걸음을 옮겼다.

그의 목표는 난간에 기대듯이 서 있는 두 명의 건장한 경비원들이었다.

삼십 대 중반의 나이로 짐작되는 그들은 100킬로그램에 근접한 덩치를 가지고 있었다.

이혁은 그들의 그림자 속으로 기척도 없이 스며들었다.

건물의 벽과 바닥에는 적외선 감지 장치와 진동을 탐지할 수 있는 장치가 조밀하게 깔려 있었다. 하지만 특정한 구역은 예외였다.

그 예외 구역은 경비원들이 왕복하며 경계를 서는 순찰로였다.

경비원들의 움직임은 절도 있었지만 빠르지 않았다. 오히려 느린 편에 속했다. 속도도 일정했다. 아마도 그렇게 움직이라는 지시를 받은 듯했다.

이혁은 귀를 바닥에 대고 정신을 집중했다.

이 저택에는 기의 흐름과 청력을 방해하는 기묘한 진

동과 고주파가 널뛰듯 하고 있었다. 그가 집중을 해도 내부의 움직임을 파악하기 쉽지 않을 정도였다.

그렇지만 그는 잠시 후 미소 지을 수 있었다.

아래쪽엔 인기척이 전혀 없었다.

'1센티의 틈만 있으면 된다.'

이혁은 경비원들의 그림자 속에서 눈을 빛냈다.

동시에 그의 손끝에서 특유의 빛이 감춰진 환상혈조가 모습을 드러냈다.

그는 25센티미터의 길이를 가진 환상혈조를 끝까지 펼쳐서 옥상 바닥에 사선으로 비스듬히 찔러 넣었다.

환상혈조는 단단한 대리석으로 마감된 바닥을 두부처럼 뚫고 들어갔다.

일체의 소음이 배제된 움직임.

이혁은 끝까지 들어간 환상혈조를 움직여 바닥의 대리석을 가로 1센티미터, 세로 30센티미터, 두께 15센티의 직사각형으로 잘라냈다.

이혁은 경비원들의 등을 보며 잘라낸 대리석을 끌어올렸다. 천강귀원공의 흡자결에 의해 그의 손바닥에 달라붙은 돌이 미끄러지듯 위로 올라왔다.

그것을 한 손에 든 그는 다시 잘려 나간 바닥의 아래쪽에 환상혈조를 박아 넣었다.

이번에는 앞서와 달리 혈조의 방향을 반대로 해서 바

닥을 같은 크기로 잘라냈다.

이번에 잘라낸 조각은 그대로 가루가 되어 난간 밖으로 버려졌다.

이혁의 몸이 프레스에 눌려 납작해진 밀가루 반죽처럼 변했다. 그리고 한 줄기 아지랑이처럼 좁고 길쭉한 틈으로 스며들었다.

이혁이 펼친 것은 무영경 이십사절에 속하는 침투술 유사비은이었다.

바닥을 통과한 그는 손에 들고 있던 잘라낸 대리석 조각을 제자리에 끼웠다.

그가 위에서 파악한 대로 아래엔 사람이 없었다.

불이 꺼져 캄캄한 이곳은 창고인 듯했다. 흰 천에 덮인 가구와 집기들이 쌓여 있을 뿐이었다.

구름처럼 천천히 하강한 두 발이 바닥에 닿았다.

이혁은 정신을 집중하며 신중하게 걸음을 옮겼다.

이곳에 설치되어 있는 방어 시스템은 한결같이 암왕사 신류의 무예를 익힌 사람이 움직이기 어렵도록 하는데 중점을 두고 있었다.

방심하면 바로 발각될 것이 분명했다.

그렇게 된다면 의혹을 풀지도 못할 터였고, 사문의 선대 전승자들을 뵐 면목도 없는 일이었다.

제9장

개량 한복을 입고 편안한 자세로 앉아 찻잔을 홀짝이
고 있던 오십 대의 사내가 눈을 들어 앞을 보았다.

　이정군이라는 이름을 갖고 있는 그는 생김새도 평범했
고, 체구도 작은 편이었다.

　어디서나 흔하게 볼 수 있는 외모의 소유자라 할 수
있었다.

　그래도 첫인상은 무척 좋은 편이었다.

　얼굴선이 둥근 편인 데다 눈빛이 부드럽고 입가에 떠
올라 있는 온화한 미소가 호감이 가는 인상을 만들고 있
었다.

그의 앞에는 삼십 대 후반의 남자가 방석 위에 무릎을 꿇은 채 눈길을 바닥에 두고 있었다.

체격이 건장하고 과묵해 보이는 느낌의 남자였다.

"유택아, 아직도 소식이 없는 거냐?"

최유택은 즉시 대답했다.

"예, 사장님."

"정보대로라면 거의 올 때가 된 듯한데… 후후, 생각했던 것보다 많이 게으른 놈인 듯싶군."

겉으로는 장난스럽게까지 들리지만 그의 가벼운 어투 밑바닥에 깔려 있는 건 은근한 긴장감이었다.

최유택이 굵은 중저음으로 말을 받았다.

"준비는 철저합니다. 언제가 되었든 오기만 하면 그자는 철창 속에 갇힌 원숭이 꼴이 될 겁니다."

이정군의 눈이 깊어졌다.

"자신감을 갖는 건 좋지만 절대로 방심하지 마라. 그렇게 쉬운 놈이 아니야. 암왕의 후예를 쉬운 자라고 하면 지나가던 개가 웃을 일이다."

뒷말은 거의 입술만 달싹인 것이라 최유택은 이정군의 중얼거림을 듣지 못했다.

*　　　　*　　　　*

저벅저벅.

손에 커피 잔을 든 채로 2층의 테라스로 나온 이자룡은 난간에 기대섰다. 그리고 잔을 입에 대며 밤하늘을 올려다보았다.

칙칙한 어둠에 뒤덮인 서울의 하늘이 그의 눈길을 받았다.

눈을 내려 아래를 보자 잘 정돈된 넓은 정원이 시야에 가득 들어왔다.

그의 저택도 성북동에서 손꼽히는 대저택이다. 특히 정원의 아름다움은 많은 사람이 부러워할 정도다.

생각에 잠긴 얼굴로 손안에 든 커피 잔을 빙글빙글 돌리던 그가 입을 열었다.

"진욱아."

"예, 회장님."

심심하다는 얼굴로 그의 등 뒤에서 어슬렁거리고 있던 이진욱이 자세를 바로하며 대답했다.

그는 3년 전부터 이자룡의 비서실장으로 일하고 있었다. 비서실장은 실질적인 상산파의 넘버 2 자리다.

"이정군 쪽 분위기는 어떤 것 같냐?"

"준비는 꽤 해놓은 것 같습니다만 자세히는 모르겠습니다. 집구석을 완전히 철옹성처럼 만들어놔서……."

이자룡이 혀를 끌끌 찼다.

"그런 것들이야 눈속임에 불과하지."

"눈속임이라는 걸 저도 압니다만 그래도 제게 저런 경비 시스템은 아직 버겁습니다."

"하하하!"

이자룡이 고개를 젖히고 크게 웃었다.

웃음을 멈춘 그가 말했다.

"그러게 평소에 열심히 수련하라고 했잖아."

상산파 최고의 미남이라는 소리를 듣는 이진욱의 잘생긴 얼굴에 민망해하는 기색이 떠올랐다.

그가 뒷머리를 긁적이며 말을 받았다.

"게으름을 피운 적은 없습니다, 사부님."

이자룡을 부르는 이진욱의 호칭이 변했다. 하지만 이자룡은 그것에 대해 신경 쓰지 않고 있었다.

평소 이진욱이 자주 그렇게 불렀다는 것을 짐작할 수 있는 태도였다.

이자룡은 다시 시선을 밤하늘로 옮기며 입을 열었다.

"수련을 게을리하지 마라. 이번에 던져진 건 그 녀석이 거부하기 힘든 미끼다. 반드시 올 것이다. 한시도 이 정군으로부터 눈을 떼지 마라."

이진욱의 얼굴이 진중해졌다.

그가 고개를 숙이며 대답했다.

"절대 놓치지 않을 것입니다, 회장님."

"이번에는 그자의 꼬리를 반드시 잡을 거다. 끝을 봐야지. 그자에게도 내게도… 아주 긴 세월이었다……."

알 수 없는 말을 중얼거리던 그의 입술이 굳게 닫혔다.

이진욱은 그의 등을 향해 허리를 접어 인사하고 걸음을 옮겼다. 어둠 속에서 그의 두 눈이 맹수의 그것처럼 시퍼렇게 빛났다.

＊　　　　＊　　　　＊

이혁은 천천히 창고 문의 손잡이를 돌렸다. 슬쩍 잡아당기자 문은 소리 없이 열렸다.

빠끔히 열린 문틈 사이로 빛이 스며들어 왔다.

이혁의 얼굴은 보기 드물 정도로 신중해져 있었다.

'밖에서 경계를 서는 자들의 수는 서른, 집 안에 있는 자들의 수는 스물하나. 밖은 위험하지 않은데 안은 다르다. 모두 내가 계열의 무공을 익힌 자들이고 그중 두 명은 대단한 고수야. 특히 한 명은 깊이를 짐작하기 어려울 정도로 강하다.'

그의 눈빛이 서늘해졌다.

'이곳은 함정이라고 봐야 하는 건가…….'

머릿속이 헝클어진 실타래처럼 복잡해졌다.

'어떤 놈인지 알 수 없지만 수하와 윤성희가 지켜보고

있다는 것을 알고 이자룡이라는 거물까지 출연시켜서 나를 끌어들였다. 지금 상황을 보면 이 추측이 신빙성이 있다. 그럼 대체 누가? 왜 나를?'

찌푸린 미간에 주름살이 여러 개 생겨났다.

'슈이치의 사진 속 정보를 원하는 어떤 조직인가? 지금으로서는 그 가능성이 가장 크겠지. 하지만 그래도 이상한 점이 있어. 여기는 암왕사신류를 익힌 자를 침입자로 상정하고 설계된 건물이야. 지금 한국에 들어와 있는 조직 중에 내가 암왕의 전승자임을 아는 자는 없다.'

그는 저택의 구조를 떠올렸다.

'이 건물은 지어진 지 10년 이상 되었어. 최근에 수리한 흔적도 없으니 예전부터 이런 구조였다는 건데… 내가 스승님을 만나기 전부터 나를 노렸다는 건 말이 안 돼. 그럼 스승님을? 이게 무슨? 으윽… 머리에 쥐난다…….'

이혁은 인상을 찌푸리며 관자놀이를 손가락으로 눌렀다. 두뇌를 너무 빨리 회전시켜서인지 머리가 타는 듯했다.

'생각을 이어갈 단서가 부족하다. 이정군이라는 놈을 잡아야 결론이 나겠어.'

그는 암향무영과 사신암행으로 모습을 감추고 문밖으로 걸음을 옮겼다.

그의 발길이 향하는 곳은 2층으로 통하는 계단이었다. 그가 느낀 강력한 기파의 주인은 여기에 있었다.

저택 내부가 넓다고 해도 스무 명이 넘는 사람이 있고, 그들이 움직이고 있으면 어느 정도의 소음은 발생해야 한다.

그것이 상식이다. 하지만 저택 내부는 바늘 떨어지는 소리도 들리지 않을 만큼 정적에 휩싸여 있었다.

인기척은 물론이고 사소한 소음도 없었다. 빈집의 분위기였다. 그러나 걸음을 옮기는 이혁의 얼굴에는 긴장감이 조금씩 더해갔다.

'기파가 모여들고 있다. 이건⋯ 노출된 건가?'

그를 향해 수십 개의 기운이 은밀하게 접근하고 있었다. 암왕경을 극한까지 끌어 올리고 있었기에 은신한 자들의 변화를 바로 알아차릴 수 있었다.

그의 눈가에 강한 의혹과 놀람의 빛이 뚜렷하게 떠올랐다.

'어떻게 알아차린 거지?'

저들은 분명 그를 향해 오고 있었다. 하지만 그는 지금 암향무영과 사신암행으로 몸을 숨긴 상태다.

모습도 보이지 않았고, 그보다 훨씬 강한 고수가 아니라면 기척을 알아차리는 것도 불가능했다.

그는 2층으로 올라가는 계단을 절반쯤 올라온 상태

였다.

바닥에는 보라색의 카펫이 깔려 있었고, 계단의 위와 아래는 넓은 거실이었다.

그의 시선이 빠르게 주변을 훑었다.

어떤 종류이든 그를 감지할 수 있는 특별한 기계적 장치는 눈에 띄지 않았다.

그럼에도 그는 내부 경계를 서던 자들에게 자신의 종적이 노출되었다는 것을 직감했다. 그렇지 않다면 저들의 움직임은 설명이 되지 않았다.

날카로운 그의 시선이 사방을 훑었다.

접근하는 자들의 기척이 느껴졌다.

그와의 거리는 대략 7, 8미터가량.

적은 느리고 신중하게 움직이고 있었다.

그들과 이혁 사이에는 장애물이 없기에 모습을 볼 수 있어야 했다. 그러나 기척이 느껴지는 자리들은 바닥과 집기만 보일 뿐이었다.

겉으로 볼 때 그들은 암향무영을 펼쳤을 때의 이혁과 비슷했다. 하지만 기법의 본질은 하늘과 땅만큼이나 달랐다.

이혁은 그들의 모습이 보이지 않는 이유를 어렵지 않게 알아차렸다.

그는 자신의 감각에 기척이 잡히는 지점에서 미세하게

일렁이는 움직임을 보고 있었다.

저런 현상이 의미하는 것은 단 하나였다.

'인자들이 사용하는 은신포(隱身袍) 계통의 장비 효과다. 그런데 정말 정교하게 만들었군. 긴장하고 있지 않았으면 알아차리기 어려웠겠다.'

그의 두 눈에 서늘한 살기가 떠올랐다.

'저걸로 확실해졌다. 이자들은 분명 암왕사신류를 안다. 그리고 우리 무맥에 결코 호의를 갖고 있지 않다.'

일차적인 의심은 경비 시스템 때문이었다.

그뿐만 아니라 만약 저들이 암왕사신류에 호의를 가지고 있다면 그의 종적을 알아차린 것으로 판단되는 지금, 굳이 몸을 숨기고 접근하지 않았을 것이다.

그때였다.

촤라라라락!

커튼이 쳐질 때 날 법한 작은 소음이 물속과도 같았던 저택 내부의 깊은 정적을 단숨에 깨뜨렸다.

소음은 벽 너머에서 났다.

이혁은 눈살을 찌푸렸다.

소음의 정체가 무엇인지 언뜻 떠오르지 않은 때문이었다. 하지만 곧 그는 눈에 들어오는 광경을 보며 인상을 썼다.

'내가 원숭이냐!'

창문 뒤로 손가락 굵기의 금속으로 제작된 그물망이 쳐져 있었다. 방금 전의 소음은 저것이 건물을 덮으면서 난 소리였다.

이혁의 손끝에서 반투명한 홍광이 흘러나왔다.

적이 그물을 쳤으면 찢으면 된다.

그는 걱정하지 않았다.

그물망의 금속이 무엇인지 알 수 없지만 환상혈조는 그것이 무엇이든 갈기갈기 찢어놓을 수 있는 날카로움을 보유한 신기(神技)였으니까.

하지만 이들이 준비한 건 그물만이 아니었다.

슈우우우욱―

그물망이 쳐짐과 동시에 작고 기묘한 소리와 함께 천장과 바닥, 그리고 벽에서 짙은 흰 연기가 뿜어져 나왔다.

이혁의 눈에 긴장된 기색이 떠올랐다.

'뭐냐 이건?'

언뜻 보아도 수면 효과를 가지고 있거나 그렇지 않으면 정신과 신경계에 영향을 미치는 독연기일 가능성이 컸다.

이혁은 신속하게 움직이기로 마음을 정했다.

어떻게 알아차렸는지 알 수는 없었지만 이미 그의 침입은 들통이 났다. 그리고 효과가 무엇인지 알 수 없는 대비책들이 그의 앞에 하나둘씩 펼쳐지고 있었다.

마냥 쳐다보고 있을 만큼 한가로운 상황이 아니었다.

스윽―

누가 끌어당기기라도 하는 것처럼 이혁이 몸이 허공에 슬쩍 떠오르더니 단숨에 2층으로 이동했다.

그곳은 계단과 연결된 거실 뒤로 좁은 복도가 이어진 미로 같은 구조였다.

목표로 삼은 기파의 주인이 있는 곳은 십여 미터 안쪽.

이혁이 빠르게 복도의 입구로 접근하는 순간,

푸슉― 푸슉― 푸슉―

귀에 거슬리는 소리와 함께 육중한 기운이 가공할 속도로 날아왔다.

이혁은 흠칫하며 몸을 비틀며 뒤로 물러났다.

파파파팍!

종이 한 장 차이로 상체를 비켜 지나간 총탄이 벽에 부딪치며 둔탁한 소리를 냈다.

안색을 굳힌 그가 뒤를 돌아보자 은신포를 뒤집어쓰고 그를 향해 총을 겨누고 있는 자들이 시야에 들어왔다.

'조준이 정확했다면 죽었을 수도…….'

그가 총격을 피할 수 있었던 건 감각의 탁월함과 더불어 저들의 조준이 명확하지 못했던 것도 하나의 이유였다.

충격의 부정확함을 보면 저들이 그의 침입을 알아차리
긴 했어도 위치와 모습까지 눈으로 보는 것처럼 파악하
고 있는 건 아닌 듯했다.

의외의 장소에서 생각지도 못한 위기를 느낀 이혁의
두 눈이 무서운 살기에 휩싸였다.

생각을 하면서도 그의 움직임은 멈추지 않았다.

푸슉– 푸슉– 푸슉–

총격이 계속되고 있었기 때문이다.

오른발로 벽을 박차며 허공에서 두 번의 공중제비를
돈 그의 손이 허리춤을 훑었다.

혁대 안쪽에 꽂혀 있던 십여 개의 작은 금속이 손안에
들어왔다. 손가락 마디 두 개 크기의 얇은 금속들은 나비
가 날개를 활짝 편 형태였다.

그의 입 끝이 비틀렸다.

'해보자 이거지. 그래 한 번 끝을 보자구.'

그는 은신포를 뒤집어쓰고 방아쇠를 당기고 있는 자들
을 향해 손을 털었다.

스스스슛–

그가 지난 5년 동안 공들여 재현한 암왕사신류의 전설
적 암기 철호접(鐵胡蝶)이 무서운 속도로 허공을 갈랐
다.

열두 개의 철호접은 혈우팔법 가운데 유일한 암기술인

혈우호접몽을 펼치는 것에 최적화된 도구였다.

그것은 사용하지 않을 때는 신기할 정도로 얇은, 잘 만들어진 나비 형태의 장난감에 불과했다.

위험하지도 않았다.

금속으로 만들어진 모든 면은 부드러운 곡선 형태여서 베거나 찌를 수 없었다. 하지만 그것의 내부에 만들어져 있는, 거미줄을 닮은 기의 통로에 암왕경이 투사되면 그 쓰임새는 완전히 달라졌다.

종잇장보다도 얇은 날개의 앞면에서 두께를 확인하기도 어려운 1센티미터 길이의 칼날이 튀어나오면서 암기로 변하기 때문이다.

혈우호접몽은 허공을 부유하는 암기를 무형의 기로 운용하는 가공할 위력의 무예다. 그리고 철호접은 암왕경의 파괴력을 보다 쉽게 증폭시키도록 설계된 암기다.

이 둘이 결합되었을 때 진정한 혈우호접몽의 힘이 발휘된다.

과거 이혁이 서복만 일행을 죽일 때 사용한 혈우호접몽은 본래 위력의 백분지 일에도 미치지 못하는 것이었다.

이혁의 손을 떠나 허공을 가로지르는 철호접은 공간을 건너뛰는 것처럼 보일 정도로 속도가 빨랐다.

은신포를 뒤집어쓰고, 틈 사이로 총을 쏘던 자들은 이

혁이 있는 것으로 생각되는 자리에서 갑자기 나타난 반짝이는 물체에 긴장했다.

그것의 정체는 의문스러웠다. 하지만 이혁의 정확한 위치가 파악되었다는 희열이 의문보다 컸다.

그리고 그들의 뇌에서 아드레날린을 분비하게 만든 그 순간적인 감정, 희열은 그들이 살아서 마지막으로 느낀 것이었다.

허공에 불현듯 나타난 빛의 무리는 총격을 가하던 자들이 의문을 느끼고 눈을 한 번 깜박이는 순간 그 자리에서 사라졌다.

스스스스스슷!

공기를 가르는 미약한 소리와 함께 철호접들은 은신포에 접근했고, 바닥과의 접촉면을 들어 올리며 안으로 사라졌다.

푸푸푸푸푸푸푹!

정육점에서 고기를 자를 때나 들을 법한 기묘한 소리가 들렸다. 그리고 철호접이 다시 나타났다.

바닥을 기듯이 은신포 아래에서 빠져나온 철호접들이 날개를 흔들며 허공에 둥실 떠올랐다.

그것들은 약속이라도 한 것처럼 꼬리에 한 방울의 핏물을 달고 있었다.

똑… 똑… 똑……

철호접들은 느릿하게 날개를 아래위로 흔들며 느릿하게 허공을 부유했다.

꼬리에 매달려 있던 핏물이 떨어졌다. 그와 함께 숨막힐 정도로 요사스런 살기가 저택을 가득 채웠다.

털썩! 털썩! 털썩!

그제야 여기저기서 쓰러지는 소리가 둔탁하게 났다.

은신포를 뒤집어쓰고 있던 자들이 바닥에 몸을 뉘이고 있었다.

주변과 색이 동조된 은신포는 여전히 육안으로 확인하기 어려웠다. 그렇지만 그 속에서 무슨 일이 벌어졌는지 짐작하는 건 어렵지 않았다.

시뻘건 핏물이 흘러나왔기 때문이다.

계단의 아래와 위에서 더 이상 총격을 가하는 자는 없었다. 죽은 자는 움직이지 못하니까.

총기를 사용했지만 그들은 내가의 무예를 익힌 자들이었다. 그런데도 혈우호접몽의 공세를 피한 자는 단 한 명도 없었다.

이혁과 그들의 무예 수준은 비교가 무의미할 정도로 컸다. 게다가 혈우호접몽은 그들이 막거나 피하는 게 불가능한 초절정의 암기술인 것이다.

열두 개의 철호접은 적을 몰살시킨 후에도 마치 이혁을 호위라도 하려는 것처럼 회수되지 않고 허공을 부유했다.

실제 철호접을 운용하는 사람은 이혁이었다. 그러나 그 사실을 모르면 그것들은 생명이 있는 것처럼 느낄 정도로 움직임이 자연스럽고 영활했다.

이혁의 시야에 적이 들어온다면 그가 누가 되었든 철호접들은 목에 구멍을 낼 터였다.

이혁은 잠시 시선을 내려 바닥을 보았다.

어느새 1층과 2층 바닥엔 흰 연기가 짙게 깔려 있었다.

그는 눈살을 찌푸렸다.

그의 두 다리도 정강이 중간 부분까지 흰 연기에 잠겼다.

계속해서 허공에 떠 있을 수 있는 능력이 없는 한 피할 수 없는 일이었다.

'흠… 이건 뭘까…….'

그의 움직임은 더욱 신중해졌다.

연기가 새어 나오던 순간부터 그는 숨을 쉬고 있지 않았다.

피부에 이상이 없는 것을 보면 신체 외부에 작용하는 독성 물질이 포함되어 있지는 않은 듯했다.

반대로 몸 안에서 작용하는 독이 포함되어 있을 가능성은 있었다. 그렇지만 그런 경우라면 오히려 안심할 수 있었다.

그는 10분 이상 숨을 멈추고 움직일 수 있었으니까.

설사 연기에 독이 포함되어 있더라도 중독의 염려는 없는 것이다.

그럼에도 연기를 볼 때마다 그는 기분이 나빠졌다.

회색이 약간 섞인 희뿌연 연기는 그를 불쾌하게 만드는 무언가를 품고 있었다.

*   *   *

"후우……."

이정군은 길게 한숨을 내쉬었다.

귀를 기울여야 간신히 들을 수 있을 정도로 작은 소리였다. 하지만 최유택은 어렵지 않게 그것을 들었다.

그가 이정군의 일거수일투족에 집중하고 있었기 때문이다.

이정군은 씁쓸한 미소와 함께 최유택을 보며 말했다.

"아홉이 남았구나."

"예… 사장님."

최유택은 납덩이처럼 굳은 얼굴로 말을 받았다. 목소리도 꽉 잠겨 있었다.

그와 이정군의 사이 바닥에는 대형 태블릿이 하나 놓

여 있었다.

그 태블릿의 화면에는 이 저택의 내부 설계도가 띄워져 있었다. 그리고 내부 곳곳에서 조금씩 움직이고 있는 아홉 개의 붉은 점과 한 개의 푸른 점이 보였다.

붉은 점은 방금 전까지도 스물하나였다.

본격적인 전투가 시작된 후 불과 눈 두어 번 깜박이는 사이에 반 이상의 동료가 죽은 것이다.

이정군은 탄식했다.

"어느 정도 각오는 했지만……. 역시, 암왕… 명불허전이로구나."

이정군의 중얼거림을 들으며 입술을 질끈 깨문 최유택의 턱으로 한 줄기 핏물이 흘러내렸다.

그는 핏물을 닦지도 않은 채 입을 열었다.

"사장님, 20년을 모시면서 내리신 지시에 한 번도 의문을 표한 적이 없습니다. 하지만 마지막이 될지도 모르기에 여쭙고 싶습니다. 이자는… 누굽니까?"

최유택의 눈을 잠시 바라보던 이정군은 고개를 저었다.

"미안하구나. 내겐 그것을 말할 수 있는 권한이 없다, 유택아."

이정군이 저렇게 말할 수 있는 경우는 오직 한 가지뿐이었다.

사정을 짐작한 최유택은 고개를 숙였다.

"그럼 회장님께서… 알겠습니다."

말과 함께 그는 앉은 채로 등을 돌리고 닫혀 있는 문을 응시했다.

이정군도 입을 다문 채 최유택과 함께 문을 바라보았다.

이제는 기다림만이 남았다. 그리고 그 기다림이 길지 않을 것이라는 걸 두 사람은 잘 알고 있었다.

*　　　　　*　　　　　*

반투명한 붉은빛이 긴 궤적을 만들며 허공을 가르고, 그 사이를 아름다운 나비들이 날아다녔다.

기하학적으로 보이기까지 하는 신비로운 광경이었지만 그것을 맞이하는 자들의 얼굴에 떠오른 감정은 감탄이 아니라 뚜렷한 공포였다.

눈앞의 광경은 그들에게 악몽이었으니까.

스팟!

사지가 잘려 나간 시신이 피를 분수처럼 뿜어내며 무너져 내렸다.

그자를 마지막으로 2층에서 이혁의 앞을 가로막는 적은 더 이상 없었다.

"열아홉."

이혁은 나직하게 숫자를 셌다. 그것은 이 세상과 작별한 자들의 수였다.

그는 암왕경을 거두었다.

동시에 환상혈조와 철호접이 모습을 감추었다.

적의 숫자를 90퍼센트 이상이나 줄인 이혁이었지만 그의 얼굴에서 느긋한 기색은 찾아볼 수 없었다.

오히려 눈살을 찌푸리며 날카로운 눈길로 사방을 주의 깊게 경계하고 있었다.

"너무 쉽다."

누가 들으면 기가 차서 허탈하게 웃어버릴 소리를 그는 너무도 진지하게 중얼거렸다.

건물의 구조나 이곳에 들어선 이후에 이어진 대응에 비하면 죽은 자들의 무예 수준이 예상했던 것보다 낮았다.

일종의 밸런스 불균형이라 할 수 있었다.

그것이 묘하게 거슬렸다.

'혼란과 방심을 유도하려고 하는 건가… 암왕의 침입을 대비할 정도로 우리 무맥을 잘 아는 자가 그런 헛된 기대를 할 리는 없는데… 그럼 뭐지?'

이혁은 입을 꾹 다물고 걸음을 옮겼다.

복도의 바닥을 가득 채우고 있던 연기가 그의 발길 좌

우로 뭉실거리며 갈라졌다가 다시 밀려들어 등 뒤에서
하나가 되었다.

복도를 전진하던 이혁은 사방이 빠르게 어두워져 가고
있다는 것을 알아차렸다.

그가 이맛살을 찌푸렸을 때 폭이 3미터가량 되는 넓은
복도는 완전히 어둠에 잠식당했다.

'암왕에게 어둠을 준다… 미쳤거나 자신감이 도를 넘
었거나…….'

일정한 속도로 몇 걸음을 전진한 그는 자신의 앞을 가
로막은 커다란 문 앞에서 멈춰 섰다.

언뜻 보아도 무척 두꺼운 원목으로 제작된 문은 복도
의 끝을 통째로 막을 정도로 컸다.

그리고 보통의 저택에서 보기 힘든 양쪽으로 열리는
여닫이문이었다.

그가 걸음을 멈추자 기다리고 있었던 것처럼 문이 스
르륵 하는 작은 소리와 함께 안쪽으로 활짝 열렸다.

뭐라 표현하기 어려운 미묘한 향이 코끝을 스쳤다. 하
지만 그 향은 실재하는 것인지 확신할 수 없을 만큼 희미
했고, 의식했을 때는 어디에서도 맡을 수 없었다.

이혁은 신속하게 초연물외공으로 내부 경락을 훑었다.
혹시 독일 수도 있었으니까. 하지만 몸 안에서는 아무런
중독 증상도 발견되지 않았다.

'착각이었나……?'

이혁은 속으로 고개를 갸웃하며 열린 문 안쪽을 살폈다.

내부는 아무것도 없는 방이었다.

30평이 넘을 정도로 컸지만 장식물이나 집기가 하나도 없어서 황량한 느낌까지 주는 방에는 두 사람이 있었다.

이혁의 시야에 먼저 들어온 건 삼십 대의 건장한 남자였다.

깔끔한 검은색 정장을 입은 그는 양손에 50센티미터가량 되는 두 자루의 칼을 축 늘어뜨린 채 그를 보고 있었다.

그리고 그의 뒤편에는 육십 대 전후의 나이로 추정되는 남자가 눈을 반쯤 감고 앉아 있었다.

이혁은 문이 열리기 직전 몸을 가볍게 해서 바닥에 깔린 안개를 밟고 섰다.

무림계의 전설로 전해 내려오는 초상비(草上飛:풀을 밟고 이동하는 초상승경공술)를 연상시키는 운신법은 암향무영과 묘행보의 합작품이었다.

그는 아직 암향무영과 사신암행을 풀지 않고 있는 데다 내부를 밝히던 불도 사라진 상태였다.

무예의 초강고수가 아니라면 눈이나 감각으로 그를 발

견하는 건 불가능에 가까웠다. 그리고 기감으로 읽어낸 방 안의 두 남자는 그보다 강하지 않았다.

그는 미끄러지듯 안개 위를 걸어 안으로 들어갔다.

걸음을 옮기던 이혁의 눈이 무겁게 번뜩였다.

칼을 들고 서 있던 남자, 최유택이 앞으로 걸어나와 자신의 앞을 막아선 것이다.

이혁은 왼쪽으로 슬쩍 몸을 비틀어 한 걸음을 옮겼다.

최유택도 방향을 틀어 정확하게 이혁의 정면을 향해 섰다.

시선을 똑바로 마주치지 못하긴 했지만 이혁의 전체적인 움직임을 읽지 못한다면 할 수 없는 대처였다.

'내 움직임을 알고 있다… 어떻게? 저들의 감각 수준으로는 무영경을 잡아내지 못할 텐데?'

"암왕의 당대 전승자여, 우리가 은신술을 펼쳐 몸을 숨긴 그대의 움직임을 어떻게 파악하는지 궁금하신 모양이오만?"

목소리의 주인은 뒤쪽에 앉아 있는 개량한복 차림의 나이 든 남자였다.

그는 똑바로 이혁이 있는 곳을 보고 있었다.

허공이 일렁이는 듯하더니 안개를 밟고 허공중에 서 있는 이혁의 모습이 나타났다.

암향무영을 거둔 것이다.

이정군과 최유택은 자신도 모르게 혀로 입술을 축였다.

투명인간에 하늘을 날아다니는 영화 속 히어로를 섞어 놓은 것 같은 이혁의 모습을 직접 보게 되자 입안이 바짝 마른 것이다.

이혁은 이정군의 눈을 똑바로 보며 입을 열었다.

"여기서 장유유서를 찾는 건 지나가던 개도 웃을 짓이고. 건물 구조를 보고나서부터 굉장히 궁금했는데… 너, 뭐하는 놈이냐?"

마지막 음성은 얼음장처럼 차가웠다. 게다가 암왕경의 막대한 기세가 담겨 있었다.

이정군은 심장을 단칼에 베이는 듯한 느낌에 안색이 창백해졌다.

'으윽… 지독한 살기……'

입가로 가느다란 핏물이 흘렀다. 그가 감당할 수 있는 기세가 아니었다.

이정군은 이를 악물었다.

이번 임무를 맡았을 때부터 쉽고 편안한 전개는 기대하지 않았다. 그러기에는 난이도가 너무 높았으니까.

그의 예상은 틀리지 않았다. 눈앞의 청년은 그가 상상했던 수준을 가볍게 뛰어넘는 초강자였다.

'혹시 스승님께서 이자의 어릴 때 모습만을 생각하시

고 과소평가하고 계신 건 아닐까? 그렇지 않으리라… 믿어야겠지…….'

어둡게 가라앉은 눈으로 이혁을 응시하는 그의 마음에 불안이 깃들었다.

'스승님께서 이곳에서 벌어진 일을 철저하게 되돌아볼 것이야. 설령 저자에 대한 평가를 박하게 하셨다 하더라도 나중에 이곳을 보시면 생각이 바뀌시겠지.'

그는 주먹을 꽉 움켜쥐었다.

'난 이 자리에서 주어진 임무에 최선을 다하면 된다. 뒷일은 스승님께서 알아서 하시리라.'

그는 천천히 입을 열었다.

"뭐하는 놈이냐라… 젊은 분의 입이 진정 걸레로구려. 선대 전승자께 예의를 다시 배워야겠소이다, 후후후."

낮게 웃은 그가 말을 이었다.

"나와 함께 가시면 궁금한 것을 모두 해소하실 수 있소. 순순히 가시겠소? 아니면 험한 꼴을 먼저 당하시고 끌려가시려오?"

"내가 접시 위에 늘어진 생선처럼 보이는 모양이군."

"맞소. 내 눈에는 그렇게 보이오만? 혹 잘못 보고 있다고 생각하시는 것이오?"

이정군은 싱긋 웃었다.

이혁은 어깨를 으쓱했다.

"망상이야 자유지. 자기 머릿속에서 미쳐 발광하는 걸 누가 뭐라 할 수 있겠나."

이정군은 혀를 찼다.

"못 말리는 젊은이로세. 유택아!"

"예."

"모셔라, 굳이 곱게 다루지 않아도 좋다."

"알겠습니다."

이정군에게 등을 보인 채로 최유택이 대답했다.

감정이 느껴지지 않는 무뚝뚝한 음성이었다.

이혁은 피식 웃었다.

"재미있는 노소로군. 조금 뒤에도 그런 말을 할 수 있을지 굉장히 궁금해졌어."

최유택은 묵묵히 두 자루의 칼을 들어 올렸다.

이혁의 눈빛이 서늘해졌다.

그를 향해 똑바로 곧추선 쌍검의 칼끝에 어린 살기가 폐부를 찌를 듯 날카로웠다.

양쪽 다 아무 말도 하지 않았다.

이미 양측의 의사가 명확해진 후였다.

더 이상의 말은 필요 없었다.

이혁의 손가락 끝에서 환상처럼 나타난 3센티미터 길이의 반투명한 붉은빛이 요기 어린 살기를 흘렸다.

이정군의 눈이 흥분으로 가늘게 떨렸다.

'드디어 내가 저것을 보는 날이 왔다. 환상혈조. 스승님의 예상대로 그다. 암왕사신류의 당대 전승자! 반평생이 넘는 세월 동안 계속되었던 기다림이 마침내 오늘 끝이 나는구나.'

예상하고 있었어도 실제로 보게 되자 감회가 남달랐다.

최유택의 칼끝을 응시하던 이혁의 눈에 희미한 놀람의 기색이 떠올랐다.

보통 사람의 눈에는 보이지 않지만 지금 두 자루의 칼끝에는 투명한 기운이 뭉쳐 있었다.

길고 뾰족한 형태인 그것으로 인해 칼날은 30센티미터 정도가 더 길어진 것처럼 보였다.

'아직 완성되지는 않았지만 저건 분명 검기(劍氣)? 이거… 장난 아닌데?'

갑자기 머릿속이 복잡해지는 기분에 이혁은 이맛살을 찌푸렸다.

검기는 강고한 정신의 힘이 검의 예기(銳氣)와 결합해 무형의 태(態:모양)를 갖게 되는 경지를 의미한다.

현대 무도에서는 헛된 전설로 치부해 버리는 것이 검기이고, 고대 무예를 익힌 자들 중에서도 그곳에 이른 자는 극히 드물다.

당연히 그 위력도 무섭다.

보이지 않는 검기의 날에 닿으면 현대의 합금이라도 두부처럼 썰려 나간다.

신기(神器)라 불릴 정도의 물건이 아니라면 막는 것이 불가능에 가까울 만큼 예리하다. 하지만 정말 무서운 건 검기가 아니라 그것을 펼치는 검객이다.

검을 익혀 도(道)를 엿볼 정도의 검객이 아니라면 검기를 얻을 수 없으니까.

그런 검객이 검기를 이용해 공격해 온다면…….

'초상능력자보다 저런 놈을 상대하는 게 더 까다로워.'

이혁의 입 끝에 희미한 미소가 떠올랐다. 까다롭다는 것이 두렵다는 말과 동의어는 아니었다. 그에게는 시간이 걸릴 것 같아서 귀찮다는 의미에 더 가까웠다.

그는 환상혈조에 암왕경을 불어넣었다.

저자를 쓰러뜨려야 했다, 그래야만 궁금한 것에 대한 답을 얻을 수 있을 테니까.

스스스스스.

그의 손끝에서 홍옥처럼 빛을 발하는 열 개의 긴 손톱이 길이를 더했다.

각기 10센티미터의 길이까지 늘어난 환상혈조는 이야기 속에 나오는 마녀의 손톱처럼 보였다.

최유택의 눈에 긴장된 기색이 떠올랐다.

그는 자신이 상대해야 할 눈앞의 청년이 어떤 인물인지 알지 못했다.

방금 전 이정군이 저 청년을 암왕사신류의 당대 전승자라 불렀지만 그것이 무엇을 의미하는지도 몰랐다.

그는 자신이 회장님과 사장님이라 부르는 두 사람에게 무예만을 가르침받았을 뿐, 과거의 역사를 배우지는 못했기 때문이다.

어차피 청년의 정체가 무엇이든 상관은 없었다.

사실 그가 어떤 식의 싸움을 하는지 궁금할 뿐 정체 따위는 관심도 없었다.

그는 목숨보다 더 존경하는 두 사람으로부터 무슨 수를 써서든 눈앞의 청년을 쓰러뜨리라는 명령을 받았다.

그것을 이행하면 그만인 것이다. 그리고 그는 임무를 완수할 자신이 있었다.

그는 자신이 얼마나 강한지 알고 있었다. 그리고 다른 곳에서 싸웠다면 승부를 장담할 수 없었겠지만 이곳이라면 그는 질 수가 없었다.

최유택이 한 발을 내디디며 쌍검을 사선으로 그어 올렸다.

스팟!

이혁의 목이 급격하게 우측으로 꺾이며 칼에 베인 몇 가닥의 머리카락이 나풀거리며 날아올랐다.

스팟!

연이어 들이닥친 두 번째 칼이 그의 목을 찔렀다.

이혁은 전력을 다해 상체를 비틀었다.

쑤와아악!

칼날이 가슴과 종이 한 장 차이를 두며 스쳐 지나갔다. 그 뒤로 공기가 찢어지는 소리가 났다.

군더더기 없는 궤적을 그리는 칼들은 소름 끼칠 정도로 빨랐다. 소리가 뒤에 날 정도였으니 말이 필요 없었다.

쐐액, 쐐액, 스팟, 스읏!

두 자루의 칼이 무서운 속도로 허공을 가를 때마다 먹이를 발견한 뱀이 수풀 속을 헤집으며 머리를 곤두세울 때 날 법한 소리가 울려 퍼졌다.

이혁은 정신없이 두 다리를 교차시키며 몸을 비틀고 숙이고 젖히고 공중제비를 돌았다.

칼날들은 쌍두사의 독니처럼 지치지 않고 그의 몸에 이를 박으려 들었다.

서걱!

믿을 수 없게도 이혁의 오른쪽 어깨가 쩍 갈라지며 시뻘건 핏물이 솟구쳤다.

그의 이마에 송골송골 땀방울이 솟아났다.

'이건 뭐지? 분명 독은 아닌데… 빌어먹을!'

짜증이 어린 그의 눈빛이 사납게 빛났다.

몸이 점점 무거워지고 있었다. 무거워지는 만큼 속도도 느려졌고, 마음먹은 대로 움직이지도 않았다.

피하는 타이밍이 반 박자씩 어긋났다.

아직 몸이 굳을 정도는 아니었고, 환상혈조가 쌍검을 비껴 흘리고 있어서 정확한 타격을 허용하지는 않았다. 그러나 회피가 완벽하지는 않았다.

그 결과가 몸에 하나둘씩 새겨졌다.

난자당한 몸의 곳곳에서 핏물이 터져 나오고 있었다.

이런 상황이라 반격은 생각도 할 수 없었다.

이혁은 환상혈조를 들어 빗발치듯 날아드는 두 자루의 칼날을 옆으로 흘렸다.

끼이이잉!

환상혈조의 흘림에 저항하는 칼날의 소리에 전신의 소름이 알알이 돋았다.

혈조에 막혀 흐르던 칼날이 그의 팔뚝을 넝마처럼 찢어놓으며 스쳐 지나갔다.

핏물이 튀었다.

싸움은 일방적으로 흐르고 있었다.

이정군의 눈에 조금씩 희열의 빛이 떠올랐다.

'걱정했는데… 통하는구나.'

이혁의 생각처럼 이 저택은 암왕사신류의 전승자를 상

대하기 위해 지어졌다. 하지만 공격의 핵심은 건물의 구조나 은신하고 있던 무인들이 아니었다.

'무연향(無煙香)과 몽혼연(夢魂煙). 암왕을 잡기 위해 스승님이 고안해 낸 기물(奇物)들… 통했어! 그것이 통했다!'

무연향과 몽혼연은 그의 스승이 문파의 비전에 초인연구의 성과를 복합해서 만들어낸 물건들이었다.

무연향은 잘 맡기도 힘든 희미한 향기일 뿐이고, 몽혼연은 드라이아이스가 기화될 때 나는 것보다 조금 더 짙은 연기에 불과했다.

이혁이 본 연기가 몽혼연이고, 이 방에 들어설 때 살짝 맡았던 냄새가 무연향이었다.

이 두 가지 기물은 분리되어 있을 때 사람의 몸에 아무런 해도 끼치지 않았다.

설령 결합된다 해도 평범한 사람에게는 있으나마나 한 물건이었다. 하지만 둘이 결합되고, 그 자리에 내가무예를 익힌 사람이 있다면 그는 치명적인 독에 중독될 수밖에 없게 된다.

두 기물이 결합된 이름은 무연몽혼산이다.

그것에 당한 중독자는 산공독(散功毒)에 당한 것처럼 빠르게 내력이 흩어진다. 그다음으로 부시독(腐屍毒)처럼 신체 내외부의 견고함을 부패시켜 무너뜨린다. 동시에 정신의 균형을 흔들어서 명료한 생각을 할 수 없도록 만든다.

암왕경으로 보호되는 이혁의 몸이 칼에 베이고, 움직임이 갈수록 느려지고 대응이 무뎌지는 이유가 그것이었다.

하지만 그것이 효능의 전부는 아니었다.

이런 것들보다 더 중요한 효과가 하나 더 있었다.

몽혼연은 접촉한 자의 기운을 노출시킨다. 그것은 어떤 은신술을 펼쳐도 막을 수 없다.

이것은 오직 암왕사신류의 무예를 익힌 전승자의 은신술을 깨뜨리기 위해 고안된 기물이었다.

암향무영과 사신암행을 펼친 이혁의 위치가 그처럼 쉽게 노출된 것도 몽혼연 때문이었던 것이다.

이혁은 제대로 손도 써보지 못하고 무기력하게 열세에 처해 버린 자신의 상태를 보며 어이가 없었다.

최근의 어떤 싸움에서도 이런 지경에 처한 적이 없었기에 그는 스스로에게 화가 났다.

이 저택이 암왕사신류의 전승자를 상대하기 위한 것이라는 걸 알면서도 방심했었다는 것을 인정해야 했다.

계속되는 싸움에서 패한 적이 없었기에 그는 자신도 모르는 사이에 오만해져 있었던 것이다.

'외국에서도 만나지 못한 진짜 적을 이 좁은 땅에서

보게 되는군. 세상 진짜 빌어먹게 넓고 별놈이 다 있다!'

스팟!

이혁의 허리가 활처럼 뒤로 휘었다.

잔상이 남을 정도로 빠른 몸놀림이었지만 칼을 완전하게 피하지는 못했다.

가슴 정중앙이 5센티미터가 넘게 갈라지며 피가 튀었다.

그는 아랫입술을 짓깨물었다.

살점이 씹혔다.

몸 상태도 정상이 아니었지만 머릿속도 다르지 않았다.

갈수록 눈앞이 흐려졌고, 생각을 잇기가 어려웠다.

제10장

찢어진 입술에서 흘러 넘어온 핏물이 입안에 가득 찼다. 살을 잘근잘근 씹자 지독한 고통이 엄습해 왔다.

　얼음물 한 동이를 통째로 뒤집어쓴 것처럼 정신이 번쩍 들었다.

　이혁의 눈이 무섭게 빛났다.

　그가 정신을 집중하자 무연몽혼산의 독력에 의해 텅 비다시피 했던 단전에 한 가닥 맹렬한 기운이 일어났다.

　그 기운은 무기력하게 흐트러진 채로 경락 속에 숨어 들어 가던 암왕경의 내력을 송곳처럼 자극했다.

　암왕사신류의 자가치료법인 생사회혼술에는 외부에서

들어온 약물에 의해 몸의 균형이 깨질 때를 대비한 기법이 포합되어 있었다.

회천조화결(回天造化訣)이라는 이름의 이 기법은 주로 중독될 경우를 대비한 기법이긴 했지만 활용하기에 따라 더 광범위한 위험에 대처할 수 있었다.

지금 이혁이 펼친 것이 회천조화결이었다.

이혁은 텅 비었던 단전에 암왕경의 힘이 충일하게 차오르는 것을 느낄 수 있었다.

회천조화결은 제 몫을 해낸 것이다.

'두 번의 기회는 없다. 저들은 바보가 아니니까.'

아쉽지만 회천조화결로 불러일으킨 암왕경의 기운은 오래 지속될 수 없었다.

여유가 있어 독을 중화시키고 몰아내기만 한다면 또 다른 기회를 만들 수 있었다. 그러나 그건 헛된 희망이었다.

현실은 냉혹했다.

무연몽혼산은 완전히 치료된 것이 아니라 암왕경에 눌려 순간적으로 효과가 정지되었을 뿐이었다. 일종의 잠복 상태에 들어갔다고 할 수 있었다.

암왕경의 내력이 다른 곳에 사용되는 순간, 잠복했던 무연몽혼산의 효과는 되살아날 터였다.

무연몽혼산이 또다시 몸을 무력화시키기 전에 이 자리

를 탈출만 해도 대성공이라 할 수 있는 것이다.

직접 이혁을 상대하는 최유택은 물론이고 이정군도 얼굴이 굳어졌다.

그들은 내가무예의 고수였다. 그리고 오늘을 준비하며 긴 세월 동안 기다린 사람들이었다.

그만큼 감각이 예민할 수밖에 없었기에 이혁의 분위기가 묘하게 바뀐 것을 바로 알아차렸다.

최유택의 쌍검이 무서운 기세로 이혁을 베어갔다. 무표정하던 그의 얼굴에 긴장된 기색이 떠올라 있었다.

"그대의 뜻대로 되지는 않을 것이다!"

뒤에 있던 이정군도 버럭 고함을 지르며 바닥을 박차고 쏜살같이 달려나왔다.

이혁이 힘을 잃으며 줄어들었던 환상혈조가 다시 최대 길이인 25센티미터로 쭉 늘어나며 그의 목과 허리를 노리는 최유택의 쌍검을 막았다.

차르르르—

혈조와 쌍검이 부딪치며 쇠구슬이 흐르는 듯한 소리가 났다. 혈조는 각기 한 자루의 칼을 휘감은 채 그 움직임을 제약하고 있었다.

손목을 회전시켜 칼을 빼려던 최유택의 안색이 돌변했다.

쌍검은 마치 자석에라도 달라붙은 듯 혈조를 벗어나지

못했다. 칼이 움직이려고 할 때마다 이혁은 마치 그의 마음을 읽기라도 하는 것처럼 혈조로 막았다.

두어 번 그런 움직임이 이어진 뒤에 혈조는 아예 쌍검을 뻗지도 빼내지도 못하도록 봉쇄했다.

손가락을 미묘하게 비트는 이혁의 이마에 굵은 땀방울이 솟아났다.

이렇게 무기를 마주 댄 상태에서 상대의 움직임을 읽어내는 것은 상상을 넘어선 집중력을 필요로 했다.

그때 최유택의 왼쪽 측면을 돌아 나오며 몸을 허공에 띄운 이정군의 두 발끝이 이혁의 얼굴을 번갈아 찼다.

이를 악문 이혁의 턱 선이 굵어졌다.

사사사삭—

그의 허리춤에서 나비가 날갯짓하는 듯한 소리가 나며 종잇장처럼 얇은 금속 십여 개가 돌개바람처럼 튀어나오더니 미끄러지듯 허공을 가로질렀다.

철호접이었다.

최유택의 안색이 돌변했다.

철호접들은 이정군의 공격을 완전히 무시하고 오직 그를 향해 날아들고 있었다.

혈조와 칼을 맞대고 있는 상태에서 당한 공격이었다.

그때까지 기합 소리 하나 없던 그의 입술 사이로 숨막힐 듯한 신음이 흘러나왔다.

"흐읍!"

거리가 너무 가까운 데다 허공을 가르는 철호접의 속도가 너무 빨랐다. 게다가 두 자루의 칼은 혈조에 의해 결박되어 빼지도 못하는 상태.

피할 길은 하나뿐이었다.

최유택은 이를 갈며 손을 놓고 튕기듯 뒤로 한 걸음 물러섰다. 하지만 그 또한 고수, 맥없이 후퇴할 리 없었다. 그는 상체를 뒤로 젖히며 오른발로 이혁의 사타구니를 걷어찼다.

사사사삭—

철호접들이 젖힌 그의 가슴 위를 어지럽게 스쳐 지나갔다. 그리고 힘이 다한 듯 바닥으로 하나둘 떨어져 내렸다.

이정군의 발끝과 최유택의 발등이 이혁의 머리와 사타구니를 강타하려는 찰나, 그의 두 눈에 불같은 빛이 일어났다.

추락하던 철호접들이 태풍에 휘말린 것처럼 바닥을 쓸며 위로 날아올랐다.

이혁을 중심으로 나선형을 그리며 날아오르는 나비 떼는 강철의 회오리바람처럼 보였다.

이정군과 최유택의 안색이 확 변했다.

그들은 이혁에 대한 공격을 멈추고 물러나야 했다. 그

렇지 않으면 몸에 대여섯 개의 바람구멍이 날 것이 분명했기 때문이다.

두어 걸음 뒤로 물러나며 따라붙는 철호접을 뿌리치던 두 사람의 얼굴이 악귀처럼 일그러졌다.

"이런!"

이정군은 생각지도 못했던 전개에 눈을 크게 떴다.

이혁이 등을 보이며 뒤도 돌아보지 않고 멀어져 가고 있었다.

"허… 당대 암왕이 도주라… 허허……."

그는 어처구니가 없어 허탈하게 웃었다.

이혁이 도주할 수도 있다는 것을 염두에 두고 계획을 짜기는 했다. 하지만 그런 장면을 볼 거라 기대는 하지 않았었기에 잠시 당황한 것이다.

투툭- 투투툭- 투툭-

금방이라도 그들의 몸을 꿰뚫을 것 같던 철호접들도 힘을 잃고 바닥으로 추락했다.

아무렇게나 널브러진 철호접들의 모습은 거기까지가 이혁이 할 수 있는 최선이었다는 것을 말해주는 듯했다.

"쫓아라!"

이정군은 크게 소리를 지르며 몸을 날렸다, 그 말이 떨어지기도 전에 최유택은 달려나가고 있었지만.

이혁은 이를 악물며 전력을 다해 달렸다.

창문 밖으로 쇠 그물이 쳐져 있는 것을 봤기 때문에 그곳을 통해 빠져나가려는 시도는 하지 않았다.

'지금의 공력으로는 저것들을 자르지 못한다. 왔던 곳으로 나간다. 그곳밖에 길이 없다.'

처음 쇠사슬이 내려지는 것을 보았을 때 그는 속으로 비웃었다. 세상에 환상혈조의 날카로움을 견뎌낼 수 있는 금속은 없었으니까. 하지만 지금은 웃을 수 없었다.

혈조가 날카로움을 발휘하기 위해서는 손가락 밖으로 모습을 드러내고 그것을 유지할 수 있어야 했다.

그러나 환상혈조는 그의 손끝에서 1센티미터도 되지 않는 길이를 간신히 드러내고 있을 뿐이었고, 그 길이는 시간이 지날수록 줄어들고 있었다.

이혁이 혈조에 내력을 불어넣지 못하기에 벌어지는 현상이었다.

다른 수법으로 철망을 빠져나가는 것도 가능하지 않았다.

유사비은이 신묘한 기법이긴 하지만 가로세로 폭이 5센티미터밖에 되지 않는 쇠 그물의 구멍을 빠져나갈 정도로 몸을 줄여주지는 못하는 것이다.

그는 자신이 들어온 곳으로 달려갔다.

불과 2, 3미터 뒤에서 이정군과 최유택이 붉게 달아오른 얼굴로 따라붙었다.

그들은 이혁이 어떻게 이곳으로 침입했는지 알지 못했다. 그렇기 때문에 이혁이 목표 지점에 도달하기 전에 막아서야 했다.

이혁의 뒤를 따라 달리며 이정군은 식은땀을 흘려야했다.

'무연몽혼산이 아니었다면 잡는 건 꿈도 꿀 수 없었던 강자다. 독에 당한 상태에서도 이런 속도를 낼 수 있다니…….'

그들은 전력을 다하고 있음에도 이혁을 따라잡을 수 없었다.

만약 그가 몸이 온전했다면 이런 추격전은 애당초 가능하지도 않았을 것이라는 걸 인정하지 않을 수 없었다.

침입할 때 통로로 이용했던 창고에 도착한 이혁은 한순간도 쉬지 않고 유사비은을 펼쳤다.

그의 온몸에서 뜨거운 김이 났다. 옷은 땀에 절여놓은 것처럼 푹 젖어 있었다.

들어올 때와 같은, 조심스러운 움직임은 전혀 보이지 않았다.

지금 그는 회천조화술로 격발시킨 암왕경의 마지막 여력을 전부 사용하고 있었다.

다른 걸 고려할 여유가 없는 것이다.

그의 손이 움직이자 틈을 막아놓았던 대리석이 가루가

되어 떨어져 내렸다. 그리고 그의 몸이 흐느적거리며 길이 30센티미터 폭 15센티미터의 틈 사이로 연기처럼 스며들었다.

막 창고로 들어서다 그것을 본 이정군과 최유택의 얼굴에 경악의 빛이 떠올랐다.

"……!"

그들은 말을 잊었다.

최유택도, 이혁의 정체를 알고 있는 이정군도 불가사의한 무엇을 보기라도 한 것 같은 표정이었다.

그들은 이혁이 초상능력자가 아니라 무인이라는 것을 알고 있었다. 그런데 지금 보여주는 건 무예로 가능하다고 알려진 것과 너무 거리가 멀었다.

마술이나 초상능력의 영역에 있는 것처럼 보였다.

이정군은 이를 악물며 주먹을 꽉 움켜쥐었다.

그들은 이혁처럼 저 구멍을 통해 올라갈 능력이 없었다. 주먹질 몇 번에 부서질 만큼 천장이 얇거나 약하지도 않았다.

암왕의 침입을 염두에 두고 지은 건물인 것이다.

이정군이 이를 갈며 중얼거렸다.

"놀랍긴 하다만… 네게 탈출의 기회는 없을 것이다. 이 집에 우리만 있는 게 아니니……."

말과 함께 이정군은 최유택을 데리고 무서운 속도로

창고를 빠져나와 밖으로 달렸다.

이번 기회가 아니면 암왕의 전승자를 잡을 기회가 다시 오지 않을 거라는 걸 잘 알고 있었기에 그는 속이 시커멓게 타고 있었다.

"후욱… 후욱……."

틈을 빠져나와 2층을 밟은 이혁은 연이어 거친 숨을 내쉬었다.

주루룩, 주루룩.

땀이 폭포수처럼 흘러내렸다.

그는 힘겹게 눈을 들었다.

흔들리는 시야에 사람의 그림자가 잡혔다.

"그대가 이혁이라는 이름을 가지고 있는 당대의 암왕이겠지? 생각보다 많이 어리구만."

카랑카랑한 음성은 그가 노인임을 알려주었다. 하지만 이혁은 그의 모습을 정확하게 잡아낼 수 없었다.

단지 저택 안에서 만났던 자처럼 개량 한복을 입고 있는 중키의 남자란 것만 알 수 있었을 뿐이었다.

이혁은 내심 크게 놀랐다.

'이자들은 대체 누구지? 어떻게 나를……?'

상대는 그의 정체를 정확하게 알고 있었다. 이름은 물론이고 무맥까지.

"저항이 부질없다는 것은 자네 스스로가 더 잘 알 걸세. 포기하시게, 그럼 힘들 일은 없을 걸세."

미간을 잔뜩 찡그리며 초점이 맞지 않는 시선으로 사방을 빠르게 훑던 이혁의 입가에 희미한 미소가 떠올렸다.

그가 노인을 향해 눈길을 돌리며 툭 뱉듯이 말했다.

"개소리를 아주 그럴듯하게 하는군."

노인의 안색이 싸늘해졌다.

"어렵게 길을 돌아가는 취미를 갖고 있는 건가? 그런 대접을 원한다면 바라는 대로 해주지."

노인의 전신에서 막강한 기세가 해일처럼 일어났다. 그의 뒤로 계단을 무시하고 벽을 짚고 뛰어 올라오는 이정군과 최유택의 모습이 보였다.

두 사람은 개량 한복을 입은 노인을 향해 고개 숙여 인사했다.

"사부님."

"회장님."

노인은 이혁에게서 시선을 떼지 않은 채 고개를 끄덕여 인사를 받았다.

이혁은 셋을 훑어보며 어깨를 으쓱했다.

"내가 이 지경에 처한 것은 내가 방심해서지, 당신들이 잘나서가 아니야. 그리고 이런 준비만으로 나를 잡을 수 있다고 확신하는 걸 보면 나에 대해서 아직 모르는 게 너무 많아, 흐흐흐."

어딘지 여유가 느껴지는 그의 말에 세 사람은 흠칫했다.

불안을 느낀 마지막 노인이 한 걸음 앞으로 나섰다. 이정군과 최유택도 발을 놀려 이혁을 에워싸듯 포위했다.

이혁이 그들을 보며 혀를 찼다.

"쩝, 나는… 혼자 움직이는 걸 좋아하지만 내 주변에는 그런 나를 탐탁지 않아 하는 사람도 있거든."

이혁이 개량 한복의 노인과 시선을 맞추었다. 미세하게 흔들리던 그의 눈동자가 찰나의 순간 제자리를 찾았다.

그가 낮은 목소리로 말했다.

"나는 혼자가 아니야!"

그 순간,

푸슉, 푸슉, 푸슉—

50여 미터 떨어진 골목의 구석에서 작은 불꽃과 함께 심장을 때리는 듯한 둔중한 파공음이 연속해서 났다.

"흡!"

"헉!"

벌컥!

억눌린 신음 소리가 터지며 이정군과 노인이 바람처럼

반보 뒤로 물러났다.

두 사람의 안색이 돌덩이처럼 딱딱해졌다.

이정군의 오른쪽 어깨에서 피가 흘렀다. 노인도 무사하지는 못해 왼쪽 뺨에 길게 핏물이 배어 나오고 있었다.

두 사람의 시선이 최유택을 향했다.

최유택의 무예는 그들보다 약하다. 반응속도 또한 떨어졌다.

두 사람도 온전히 피하지 못한 걸 그가 온전히 피할 수는 없었다.

휘청거리며 두어 걸음 뒤로 물러서는 최유택의 왼쪽 얼굴은 핏물에 뒤범벅이 되어 있었다.

뺨과 귓불이 찢겨 나가 너덜너덜했다. 왼쪽 뺨엔 피에 젖은 광대뼈가 보였다.

이를 악물며 고통을 참고 있었지만 정신이 없는 듯 눈동자의 초점이 맞지 않았다.

푸슉, 푸슉, 푸슉—

또다시 총격음이 터졌다.

이정군과 노인, 최유택은 헉 소리도 내지 못하고 그 자리에 주저앉듯 몸을 낮췄다.

쐐애애액—

그들의 머리 위로 거친 파공음이 났다.

세 사람의 이마에 식은땀이 솟았다.

총격의 정확도는 대단히 뛰어났다. 그들은 수십 년 동안 고대 무예를 혹독하게 수련한 고수들이었다.

보통의 총격이라면 어렵지 않게 피할 수 있었다. 그러나 지금은 그럴 수 없었다.

총격은 그들의 움직임을 정확하게 읽고 여지없이 그 흐름을 끊어버리는 지점에 가해졌다.

상대는 그들과 같은 고수나 능력자를 상대로 총격전을 벌인 경험이 풍부한 사람임에 틀림없었다.

세 사람이 총격을 피하는 틈을 이용해 이혁은 포위망을 빠져나왔다.

이정군 일행은 일어서면 몸의 어딘가에 구멍이 날 판이라 이를 갈면서도 그를 제지할 수 없었다.

하지만 이혁이 옥상을 벗어난 건 아니었다.

'쩝……'

그는 내심 혀를 찼다.

어느새 아래쪽은 외부 경계를 서던 경비원들로 가득 차 있었다.

그들은 손에 칼이나 손도끼 같은 휴대용 무기를 든 채 옥상을 올려다보며 언제든 움직일 준비를 하고 있었다.

이혁은 지금 간신히 정신을 유지하고 있을 뿐, 뛰지도 못했다. 옥상으로 올라오기 위해 그는 젖 먹던 기운까지 뽑아서 썼다.

걷는 것도 힘들 지경인 그가 저들 사이에 뛰어내리는 건 자살행위였다.

그래도 그는 세 사람과의 거리를 2미터 이상 벌릴 수 있었다. 그 정도 거리면 여유가 확보되었다고 할 수 있었다.

그걸 말해주듯 그의 얼굴은 방금 전보다 많이 편안해 보였다.

이혁의 시선이 마지막으로 나타난 노인을 향했다. 그는 싱긋 웃으며 입을 열었다.

"이제 좀 앞이 제대로 보이네. 당신 낯이 익어. 이름이 김충호지? 이거 왠지 월척을 잡은 기분인데?"

김충호가 어이가 없다는 듯 피식 웃었다.

"허허, 자신이 어떤 지경에 처했는지 자각이 없는 친구구만. 조력자가 있다고 해서 이 상황이 반전될 가능성이 있다고 생각하는 건가? 우리가 그렇게 무능해 보이나?"

"당신들이 무능해 보이는 건 아니야. 내가 이렇게까지 궁지로 몰린 건 수년 만에 처음이니까. 단지 내 친구들이 좀 더 유능할 뿐이지. 흐흐흐."

웃고는 있었지만 이혁은 내심 속이 편치 않았다.

저택 외부에서 파도처럼 움직이는 검은 양복의 사내들이 눈에 들어왔기 때문이다.

'진짜 인해전술이네. 무식한 놈들… 리마 혼자서는 어려울 거 같은데… 독수리의 발톱 쪽에서는 아무도 오지 않은 것 같고…….'

그의 지인 중 저런 고수들을 꼼짝하기 어려울 정도로 정교한 사격이 가능한 저격수는 리마밖에 없었다.

그리고 레나를 비롯한 독수리의 발톱 요원들이 왔다면 이런 상황에서 가만있었을 리가 없었다.

'이건 철저하게 준비한 함정이야. 쉽지 않겠는걸…….'

그가 저택에 침입하기 전 확인했을 때 외곽에는 매복이 없었다. 그렇다면 지금 밖에서 저택을 에워싸고 저격수를 찾고 있는 자들은 먼 곳에서 대기하고 있었다는 말이 된다.

이혁은 머리가 아플 정도의 혼란을 느꼈다.

'나를 잡기 위해서라고 보는 건 무리가 있어. 이자들은 나의 정체를 알고 이곳으로 유인했다. 그건 의심의 여지가 없다.'

그의 시선이 김충호를 흘깃 돌아보았다. 조금 전에 그가 했던 말을 생각하는 것이다.

'…하지만 이 저택은 나를 잡기 위해 지은 것이 아니야. 그러기에는 지어진 지가 너무 오래되었어. 그렇다면…….'

이혁의 안색이 차갑게 변했다.

지금까지 염두에 두지 않았던, 아니, 잊고 있었다고 해야 옳은 어떤 사실에 생각이 미친 것이다.

'설마… 사형을……?'

그는 깊게 숨을 들이마셨다.

아직도 내력은 돌아올 기미조차 보이지 않았다. 오히려 상태는 더욱 악화되어 가는 중이었다.

하지만 그의 눈동자는 신기하게도 점점 더 초점이 뚜렷해졌고 빛도 강해졌다.

김충호와 이정군은 내심 감탄했다.

이혁의 눈동자가 보여주는 변화는 강인한 정신력이 없다면 불가능했다. 그들은 그것을 알아볼 정도의 안목을 가진 자들이었다.

그들은 무연몽혼산의 약효가 얼마나 강한지 알고 있었기에 그것에 중독된 이혁이 저런 모습을 보여줄 수 있으리라고는 생각지도 않았다.

하지만 감탄만 하고 있을 수는 없었다.

그럴 가능성은 만에 하나도 없었지만 저러다가 만약 이혁이 힘을 되찾기라도 하면 그 뒷감당을 누가 할 수 있겠는가.

김충호의 시선이 저택의 담장 밖을 향했다.

조직은 오늘을 준비하며 중무장한 1백여 명의 부하를

성북동 곳곳에 분산 배치했다.

그중 절반이 쏟아져 나와 저격수가 있던 곳을 헤집고 있었다. 저들 중 팀장급인 십여 명은 휴대하고 있던 권총을 꺼내 든 채 부하들을 지휘하는 중이었다.

더 이상의 총격은 없었다. 그렇다고 부하들이 저격수를 잡은 건 아니었다. 자리를 이동한 듯했다.

하지만 총격을 걱정하지 않아도 된다는 것만으로도 상황은 김충호 등에게 충분히 유리해졌다.

김충호는 천천히 허리를 폈다.

그는 저격수가 움직이지 못할 것이라고 자신했다. 그리고 부하들이 종적을 발견하기만 한다면 충분히 잡을 수 있다고 자신했다.

자신감은 주변에 영향을 미친다.

이정군과 최유택도 일어나 다시 이혁을 포위하기 위해 걸음을 옮겼다.

보통 사람이라면 당장 병원에 실려가야 할 만큼 심한 상처를 입었는데도 최유택은 자리를 이탈하지 않았다.

그는 오히려 분노와 살기에 가득 찬 눈으로 이혁을 노려보며 걸음을 옮겼다.

꽉 움켜쥔 이혁의 손바닥에 피가 맺혔다. 얼마나 힘을 주었는지 손톱이 살을 파고들어 가 있었다.

다가서는 김충호 일행을 보는 그의 눈 깊은 곳에 조금

씩 어둠이 스며들었다.

'빌어먹을, 이로군⋯⋯.'

이 상황을 타개할 방법은 쉽게 떠오르지 않았다. 몸 상태가 최악인 것이다. 하지만 그는 포기하지 않았다.

'리마가 왔다. 그 아이를 보낸 건 테일러야. 그라면⋯ 방법을 찾을 것이다.'

어두운 기색이 어렸을 뿐 그의 눈빛은 여전히 마주치는 이를 압도할 정도로 강렬했다.

그것이 김충호 일행을 불안하게 만들었다.

방해가 있긴 했지만 상황은 그들에게 유리하게 흘러가고 있었다. 그런데도 그들은 자신들이 우세하다는 느낌을 받지 못했다.

김충호는 왜 불안함을 떨치지 못하는지 알아차렸다.

그것은 이혁이 뿜어내는 무형의 기세 때문이었다.

'이번에 이자를 놓친다면 다시는 기회가 없을 것이다. 사부님께서는 이자를 미끼로 써서 그놈을 잡으려 하시지만⋯ 어쩌면 이자는 그놈보다 오히려 더 위험할지도⋯⋯.'

셋은 눈을 교환하며 이혁을 에워쌌다.

빠져나갈 구멍이 없다는 것을 확인한 그들은 망설임 없이 그를 향해 달려들었다.

이혁은 눈을 부릅떴다.

손가락은 물론이고 이제는 눈꺼풀도 움직이기 힘들었다. 두 다리는 눈에 띌 정도로 후들거리고 있어서 그냥 주저앉아도 이상하지 않을 지경이었다.

　그의 상태를 코앞에서 확인한 김충호 일행의 입가에 그제야 안도의 미소가 떠올랐다.

　이혁은 무기력하게 세 사람의 손에 떨어지는 듯했다.

　이혁의 오른쪽 어깨에 막 손이 닿았던 김충호의 안색이 확 변했다. 제일 먼저 변화를 느낀 것이다.

　스웃―

　옷자락이 스치는 듯한 소리와 함께 이혁의 모습이 허깨비처럼 퍽 꺼지듯 그 자리에서 사라졌다.

　휘이이이잉―

　서늘한 바람이 텅 빈 공간을 휘저으며 지나갔다.

　"헉!"

　"이런!"

　"뭐… 뭐지?"

　놀라 소리를 지른 세 사람은 넋이 나간 얼굴이 되어 황급히 사방을 돌아보았다.

　이혁의 모습은 보이지 않았다.

　역시 가장 먼저 반응한 사람은 이 자리의 최고수인 김충호였다. 눈을 반개한 채 감각을 극한까지 끌어 올려 기척을 느끼던 그는 3십여 미터 떨어진 골목의 어둠을 똑바로 보며 소리쳤다.

"저곳이다!"

말과 함께 그는 한 마리 매처럼 옥상에서 날아올랐다. 서너 걸음 내디딘 것만으로 단숨에 3십여 미터를 가로지른 그가 골목에 모습을 드러냈다.

뒤이어 이정군과 최유택이 도착했다.

밖에 있던 검은 정장의 사내들과 저택 내에 있던 경비원들이 우르르 쏟아져 나와 주변을 장악하고 빠르게 사방을 수색해 나갔다.

급격한 상황 변화에도 당황하지 않고 절도 있게 대처하는 그들의 움직임은 만만찮은 훈련을 받은 자들이라는 걸 알 수 있게 했다.

김충호가 다시 입을 열었다.

"3십 미터 간격으로 이동한다. 이건 무예가 아니야. 이자는… 공간 이동 능력자다."

이정군과 최유택의 안색이 변했다.

김충호가 말을 이었다.

"한 방향으로 이동한다."

그가 손을 들어 방향을 가리키며 말을 이었다.

"북동쪽이다. 쫓아라. 초상능력은 무한한 게 아니야. 공간 이동이라고 해도 멀어야 몇 킬로미터를 벗어날 수 있을 뿐이다. 빨리 움직이면 잡을 수 있다."

그의 말에 이정군은 즉시 부하들에게 손짓했다.

거의 1백여 명에 달하는 부하들은 5인 1조의 팀으로 구성되어 있어서 팀장들만 지시를 인지하면 되었다.

사내들은 전력을 다해 북동쪽으로 달리기 시작했다.

김충호 일행도 몸을 날렸다.

그들과 부하들의 속도는 비교할 바가 되지 못했다. 그들이 먼저 공간이동 능력자를 발견해야 했다.

잡는 건 쉽지 않다 해도 그의 움직임을 방해만 할 수만 있다면······.

부하들은 달리면서 무전을 하고 있었다.

이곳에 있는 자들이 조직원의 전부는 아니었다. 아직도 5십 명가량의 부하가 성북동 곳곳에 매복해 있었다.

인근 3킬로미터 이내는 그의 조직에 의해 장악된 상태인 것이다.

*   *   *

이혁은 자신을 품에 안고 있는 노인을 보며 싱긋 웃었다.

"한국에 와 있을 줄 몰랐습니다, 에드워드."

"로드의 부탁을 거절할 수는 없으니까요."

깐깐한 목소리로 말을 받은 사람은 차가워 보이는 푸

른 눈을 가진 외국인 노신사, '빛의 고리' 소속의 공간 이동 능력자인 에드워드였다.

그의 이마에는 굵은 땀방울이 몇 개 맺혀 있었다.

벌써 일곱 번의 근거리 텔레포트를 한 후였다. 이동 간의 인터벌이 길어졌다. 능력의 한계에 가까워지고 있는 것이다.

거의 찰나에 가까운 순간에 2백여 미터를 이동한 에드워드가 이혁을 내려다보며 입을 열었다.

"켄, 조금만 참으시오. 앞쪽에 제라드가 대기하고 있소."

빙긋 웃으며 그가 말을 이었다.

"참, 리마는 나중에 합류할 거요."

적들과 어느 정도 거리를 벌리자 그의 얼굴에 안도의 기색이 떠오르고 있었다.

그를 올려다보며 뭐라 말하려 하던 이혁의 안색이 허옇게 변했다.

"……!"

에드워드의 머리가 공중으로 떠오르고 있었다.

시뻘건 핏물이 분수처럼 솟구쳤다.

에드워드는 아직도 무슨 일이 생겼는지 모르겠다는 듯 목이 잘린 상태에서도 두어 번 눈을 깜박이기까지 했다.

그의 목을 벤 자의 솜씨는 이혁에 못지않았다. 하지만

이혁이 놀란 것은 에드워드의 죽음이나 그의 목을 벤 자의 솜씨 때문이 아니었다.

분명 단검이 에드워드의 목을 베는 것을 보았는데도 그것을 잡고 있어야 할 살인자의 모습은 보이지 않았다.

목적을 달성한 검의 모습도 바로 사라졌다.

어떤 흔적도 내보이지 않고 그는 완벽하게 어둠과 동화되어 있었다.

이런 은신술은 이 세상에 오직 단 한곳에만 있다.

이혁의 입술 사이로 신음과도 같은 한 마디가 흘러나왔다.

"암향… 무영?"

〈『켈베로스』 제13권에서 계속〉

www.bbulmedia.com